JN085313

～優しいお姉さん冒険者が、僕を守ってくれます!～ 3

「……これからも、一緒にいてくださいね、マール？」

「……うん」

嬉しそうな笑い声が、鼓膜をくすぐる。

ソルティス・ウォン
優れた魔法使いで、イルティミナの妹。すぐに憎まれ口をきく勝気な美少女だが、実はかなりの食いしん坊。
イルティミナ・ウォン
美貌かつ内面も完璧なパーフェクトお姉さんにして、超一流の冒険者。マールを優しく守り、導いてくれる。

キルト・アマンデス
特徴的な大剣を持ち、「鬼姫」と呼ばれる
戦士。姉御肌の強い女性で、イルティミナ
達のパーティーリーダーでもある。
マール
新米冒険者にして転生者の少年。イルティミ
ナとは相思相愛(?)の仲。頼もしい彼女らと
の旅と冒険を通じて、成長していく。

ヒュン
僕は、返す刀で『マールの牙』を走らせた。
一拍の間。
そして、紫の鮮血が、一気に噴き出す。

少年マールの転生冒険記
～優しいお姉さん冒険者が、
僕を守ってくれます！～
月ノ宮マクラ
3

口絵・本文イラスト　まっちょこ

CONTENTS

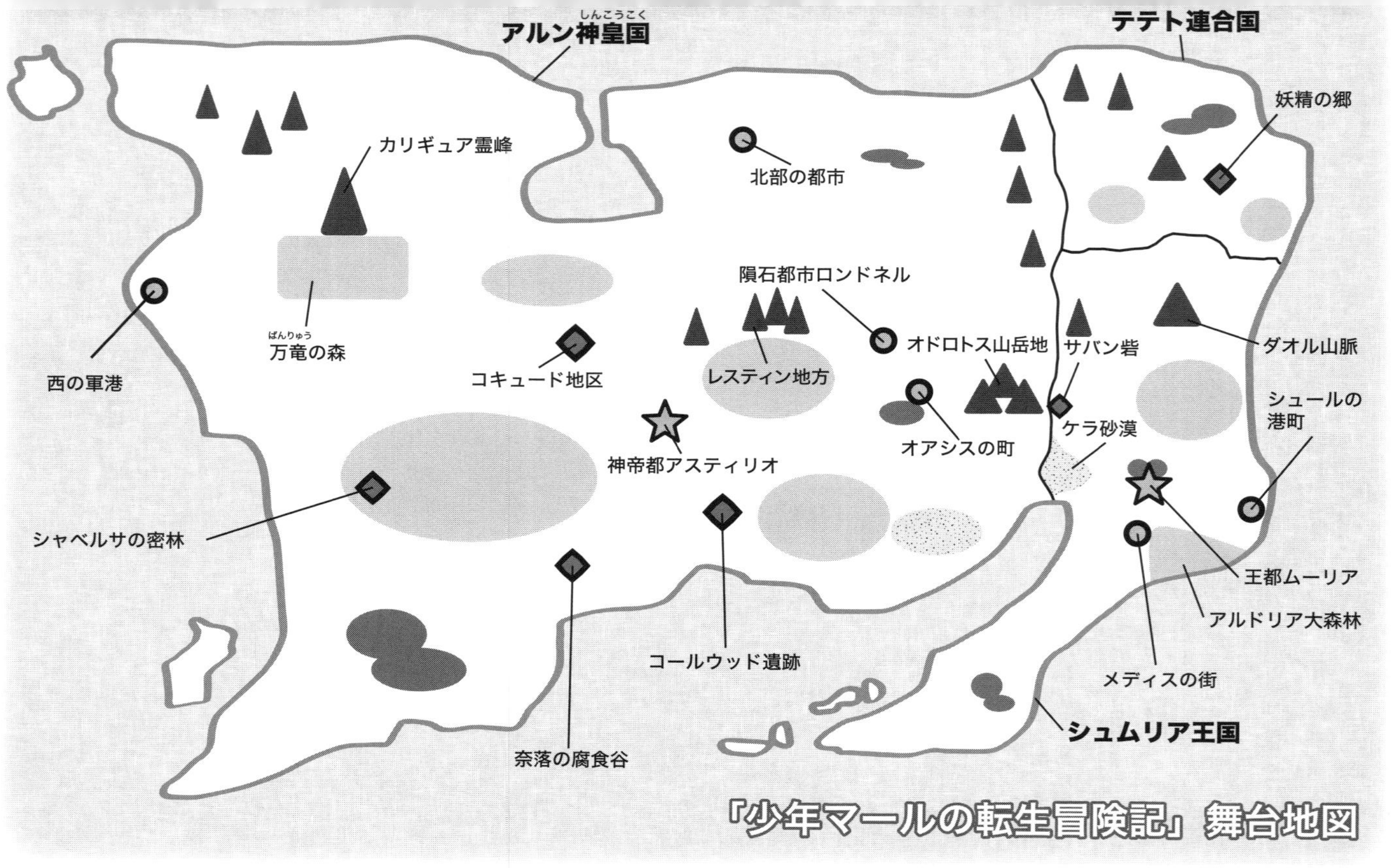
アルン神皇国
しんこうこく
テテト連合国
妖精の郷
カリギュア霊峰
北部の都市
隕石都市ロンドネル
ばんりゅう
万竜の森
西の軍港
コキュード地区
レスティン地方
オドロトス山岳地
サバン砦
ダオル山脈
シュールの
港町
ケラ砂漠
オアシスの町
神帝都アスティリオ
シャベルサの密林
王都ムーリア
アルドリア大森林
コールウッド遺跡
メディスの街
シュムリア王国
奈落の腐食谷
「少年マールの転生冒険記」舞台地図

第一章 「マールと姉妹の新生活1」

街灯に照らされる夜の道を、イルティミナさんに手を引かれながら、僕は歩いていく。

僕らの少し先では、

「……ったく、なんで、ボロ雑巾と一緒に暮らさなきゃいけないのよ？」

ブツブツと文句を垂らす紫髪の少女ソルティスがいる。

いや、気持ちはわかるよ。

僕は、隣にいる美しい冒険者さんを見上げる。

「あの、本当にいいの？」

「もちろんですよ。マールのことは、一生、私が面倒見てあげます。だから、何も心配しなくていいですからね？」

真紅の瞳を細め、優しく笑うイルティミナさん。

い、一生って……。

大袈裟な彼女に、ちょっと驚き、少し照れる。

ちなみに、キルトさんは、ここにいない。

彼女は今、冒険者ギルド『月光の風』のレストランで、1人だけ取り損ねていた夕食を食べている。きっと、そのまま酒盛りタイムに突入する気だろう。そして今夜からは、ギルドの宿泊施設に泊まるって、言っていた。

なので僕らは3人だけで、夜の王都ムーリアを歩いていく。

石畳の道を、何本もの街灯が照らしている。

夜の闇と街灯の光の中を、僕らは何度も潜り抜けていく。王都の中心部から遠ざかっているようで、周囲から人気は、段々となくなっていた。

（1人で歩いたら、ちょっと怖いかな？）

湖から流れる水路の橋を、2回ほど渡り、緩い坂道を登る。

建物も少なく、この辺は、少し閑散としている——と、先を歩くソルティスの足が、1軒の家の前で止まった。

「ここ？」

「はい」

頷くイルティミナさん。

そこは、小さな庭のある2階建ての家だった。

（うん、普通の家だね？）

『銀印の魔狩人』の自宅といっても、別に豪邸ってわけでもないみたいだ。

2人と一緒に、敷地内に入る。

ソルティスが「ただいま～」と言いながら、玄関の鍵を開けていた。

その間、ちょっと庭を見る。

うん、雑草が凄い。

しばらく、家に帰ってなかったのかな？

真っ暗な玄関に、ソルティスは入っていき、トトトッと軽い足音だけを響かせながら、家の中の灯りを点けていく。

夜に慣れた僕の目には、少し眩しかった。

「さぁ、マール」

「ん……お邪魔します」

促されて、ちょっと緊張しながら、僕はイルティミナさんたちの自宅に入ってみる。

（お～？）

入ってすぐは、リビングになっていた。

３つほど、他の部屋に通じる扉があって、右側に階段がある。

室内は、とても整頓されているように見えた。

でも、すぐに気づく。

（なんか、家財道具が少ない気がする……？）

テーブルや椅子など、必要最低限の品があるだけだ。

そして、なんだか生活感に乏しかった。まるでモデルルームみたいだ。

僕は、玄関から、更に中に入ってみる。

（靴のままで、いいんだよね？）

前世が日本人なので、西洋風のスタイルには、まだちょっと慣れない。

そして、1歩目でポフッと埃が舞った。

（おぉ？）

うん、ちょっとびっくり。

イルティミナさんは、申し訳なさそうに言う。

「すみません。クエストが重なって、1月ほど家を空けていたものですから」

「そうなんだ？」

魔狩人って、やっぱり大変なんだ。

ソルティスは、テテテッと走りながら家中の窓を開けていき、室内の空気を換気している。

涼やかな夜の風が、肌を撫でて、ちょっと気持ちがいい。

空気が落ち着いたところで、イルティミナさんに家の中を案内される。

「1階には、リビングや台所、トイレやお風呂などがあります。奥には、私たちの部屋もありますね」

「ふんふん？」

「2階は、客間です。今は、ただの物置になっていますが……明日、片づけて、マールの部屋にしようと思っています。なので今夜は、すみませんが、私の部屋で寝てくださいね？」

「…………」

なぜだろう？

一緒に眠ったこともあるのに、『同じ部屋で』と言われると、ドキッとしてしまう。

「ソル。私たちは、もう部屋に行きますね」

「はいよー」

窓辺で風を浴びていたソルティスは、こちらを振り返った。

「今回のクエストもお疲れ様でした、ソル。あとの戸締りを頼みます」

「わかってるわ、任せて。――おやすみ、イルナ姉。ついでに、ボロ雑巾もね？」

「おやすみ、ソルティス。また明日ね」

小さな手を振る少女に見送られながら、僕らは、廊下の奥へと進んだ。

その突き当たり右の扉を、イルティミナさんは開ける。

（ここが……イルティミナさんの部屋？）

ベッド以外、何もなかった。

ポカンとする僕の横を抜けて、彼女は、窓を開け、部屋の隅に荷物を下ろす。白い槍は、壁の金具にかけて、ベッドに腰かけると鎧の留め具を外していく。

「何もなくて、驚いたでしょう？」

「う、うん」

僕は、正直に頷く。

イルティミナさんは、苦笑しながら教えてくれた。

「ここは、私にとっては、ただ身体を休めるためだけの場所なんです」

「…………」

「特に、自分が子供が産めないことを知ってから、自棄になっていたのもあります。いつ死んでもいいように、荷物は処分してしまったんですよ」

鎧を脱ぐと、彼女は手招きした。

近づくと、彼女は、僕の旅服の上着に触れて、手ずからそれを脱がしてくれる。

「でも、もう死にたくはありません」

「…………」

「フフッ……マールのためにも、私も、もう少し女らしくしないといけませんね？」

そう笑う。

そうやって笑ってくれることが、僕も嬉しかった。

(僕の存在も、少しは、イルティミナさんの役に立ってるんだ……)

知らない世界に、たった1人で放り出された僕にとって、彼女は、本当に闇の世界にある光だった。

その僕の光であるお姉さんは、

「マール……」

ギュッ

僕を抱きしめ、そのままベッドに横になった。

ちょっと埃っぽい室内で、でも、イルティミナさんの優しい匂いと温もりは、変わらない。

その柔らかな胸の谷間に挟まれて、僕は、まぶたを閉じる。

「……これからも、一緒にいてくださいね、マール？」

「……うん」

嬉しそうな笑い声が、鼓膜をくすぐる。

そうして、お互いの温もりを感じながら、王都ムーリアでの初めての夜は過ぎていった――。

翌朝、目を覚ますと、ベッドの上にイルティミナさんの姿がなかった。

（……うん、このパターンにも慣れたよ）

慌てない、慌てない。

身体を起こして、僕は、伸びをしながら欠伸を1つ。

窓からは、朝日が差し込み、チュンチュンという小鳥たちの鳴き声が聞こえてくる。一晩、換気したので、空気も爽やかだ。

そして、そこに食欲をそそる香ばしい匂いが、どこからか流れてくる。

「いい匂い……」

　成長期の空腹を抱えた僕は、その匂いに誘われて、イルティミナさんの部屋を出た。

　フラフラと辿り着いたのは、リビングだった。

　そのテーブルに、目玉焼きのベーコンエッグやコーンスープ、焼かれたパンが広げられている。おぉ、美味しそう！

　完全に、目が覚めた。

　その耳に、

「あら、起きたのですね？　おはようございます、マール」

　柔らかな、耳通りの良い声。

　振り返った先に、白シャツと黒いスラックス姿のイルティミナさんがいた。

　美しい森のような色の髪は、うなじの辺りで紐でまとめられ、首からは白いエプロンがかけられている。たおやかな両手は、サラダのお皿を器用に3つ持っている。

　――キャリアウーマンの美しい若奥様。

　頭の中に、そんな単語が浮かぶ。

　思わず見惚れる僕に、その若奥様は、柔らかく微笑みかけてくれた。

「フフッ、よかった。たった今、起こしに行こうと思っていたのですよ？」

「そ、そうなんだ」

「もうすぐ、朝食の準備も終わります。……ですが、まだソルが起きてこなくて。すみません

が、マール。あの子を、起こしてきてもらえませんか？」

「うん、いいよ」

「ありがとう、マール。お願いしますね？」

嬉しそうにはにかむイルティミナさん。

うん。

この人、本当に美人だよ。

（眼福、眼福……）

先に心の栄養をもらった僕は、ソルティスの部屋は、イルティミナさんの向かいの部屋だというので、今来た廊下を戻っていった。

やがて、少女の部屋に辿り着く。

コンコン
僕は、扉をノックする。

……けど、反応がない。

「ソルティスー？」

長旅から帰ったばかりだから、疲れて寝込んでるのかな？

首をかしげながら、ドアノブを握る。

カチャ……

開いた。

鍵は、かかってなかったみたい。

少し迷ったけど、空腹に負けた僕は、それを押し開ける。

「入るよ、ソルティスー？」

暗い室内に、僕は足を踏み入れる。

ゴツッ
（イタッ？）

爪先が、何かにぶつかった。

拾い上げると、それは辞典みたいな分厚い本だった。

アルバック共通語で書かれているタイトルは、『たいきちゅうのまそのけっちゅうまりょくへのこうりつてきへんかんほう』とある……えっと『大気中の魔素の血中魔力への効率的変換法』かな？

うん、どっちにしても難しいタイトルだ。

それを、跨いで中に入り、

「うわぁぁ……」

僕は、室内の光景に唖然となった。

本だ。

大量の本が、室内を埋め尽くしている。

壁には、天井まで届く本棚が２つ並び、その全てに隙間なく本の背表紙が詰まっている。床にも足の踏み場もないほど、数えきれない本が積み上げられ、崩れてしまった本の山もあった。
中には、古そうな巻物なんかも転がっている。机の上には、たくさんのメモが残った紙が何枚も散らばり、横には、付箋の貼られた本たちが積まれていた。

『古代タナトス魔法の失われた魔法式』

『魔欠症候群の治療法』

『セイゲル博士の上級魔法』

『アルバック大陸の歴史における疑問と考察』

『神魔戦争の真実』

『ドル大陸・7つ国との貿易文化論』

などなど……本のタイトルは難しいものばかりで、とても13歳の少女が読むとは思えない。

（これが、ソルティスの努力の結晶……知識の源なんだ？）

その凄まじさに、圧倒される。

「……う、にゅう？」

と、奥から奇妙な声がした。

本の海原の中に漂流したようなベッドがあった。その上に、軟体動物のように伸びている物体が見える。

（いたいた）

僕は、本の隙間に足を置きながら、ベッドに近づき、その肩を揺する。

「おはよー、ソルティス。もう朝だよ？」

「んん……？」

寝癖の残った紫色の髪をこぼして、彼女は、のっそりと身体を起こす。

「うにゃ……マール？」

「うん」

寝ぼけた瞳が、笑う僕を見つける。

その時、彼女にかかっていた毛布が、パサッと床に落ちた。

（……あ）

少女の上半身は、Ｔシャツを着ていた。

でも、少女の下半身は、シンプルな水色のショーツ１枚だけだった。

幼くも白い太ももが、目に眩しい。

寝ぼけた真紅の瞳が、僕の視線を追いかける。

それがゆっくりと開いていき、そこに理解の光が灯っていく。

次の瞬間、

「うにゃあああああああああっ！」

真っ赤になった少女の凄まじい悲鳴が、この家中に響き渡った――。

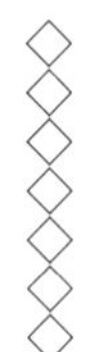

頬に小さな紅葉を作った僕は、姉妹と一緒に、イルティィミナさんの手作り朝食を食べ始める。

「……許さん、ボロ雑巾……いつか絶対、ズタボロ雑巾にしてやるわ……」

「…………」

テーブルの対面に座る少女は、今も涙目で僕を睨んでいる。

お、恐ろしい……。

怒れるソルティスは、それでも食いしん坊少女らしく、僕らの3倍の量の朝食をバクバクと平らげていく。

と、そのフォークが、こちらのお皿に向いた。

ザシュッ　ヒョイ　パクッ

ぼ、僕のベーコンエッグが、一瞬で取られた！

(うあ⁉)

「モグモグ……何よ？」

「…………。いや、何も？」

凄まじい眼力に、文句を飲み込む。

うぅ、しょうがないか。

今朝は僕も悪かったし、今後の友好的生活のためにも、今は我慢しよう……しくしく。

イルティミナさんは、僕らの様子に苦笑して、

「マール」

「ん？」

自分のお皿のベーコンエッグを半分、僕のお皿に移動させた。え？

驚く僕に、彼女は優しく笑う。

「もしよかったら、どうぞ？」

「……いいの？」

「はい。ソルを起こすよう、マールに頼んだのは私ですから」
イ、イルティミナさ～ん！
さすがのソルティスも、姉の分までは奪えないようだ。フォークを悔しそうに咥えて、僕を睨むしかない。

僕は、人生で一番美味しいベーコンエッグを頂く。

あぁ、幸せ……。

そうして朝食を進めていくと、イルティミナさんが食事の手を止めて、僕らに言った。

「さて、今日の予定なのですが、このあと、私は買い物に出ようと思います」

「買い物？」

「はい」

頷き、彼女はテーブルの料理を見る。

「今朝は、保存食を利用して作りましたが、しばらく留守にしていたこの家には、もう食材がありません。買ってこなければ、お昼も食べれなくなります」

「あ、そうなんだ？」

「大変だわ！　買い出しは最優先ね！」

こういう時のソルティスは、とっても真剣な顔になる。

そして、イルティミナさんは、僕を見た。

「マールは、私のその買い物に付き合ってください」

「あ、うん」

「これから王都で暮らすなら、マールも、少しは街のことを覚えておいた方がいいでしょう。今日は、色々と案内してあげます」

そっか。

まずは、街のことを知らないとね。

彼女の気遣いに、感謝する。

「ありがとう、イルティミナさん。よろしくお願いします」

「いいえ」

大人の笑みで応じるイルティミナさん。

ソルティスは、自分を指差す。

「私は留守番？」

「はい。それともう1つ、2階の物置部屋から荷物を移動させて、マールの部屋を作っておいてください」

「はぁ⁉　この私が、ボロ雑巾の部屋を⁉」

ソルティス、愕然だ。

そんな妹に、イルティミナさんは、大きく頷いて、

「当然です。そもそも、物置の荷物は全て、貴方の私物でしょう？　……嫌なら、ソルだけお昼抜きにしますが」

「……ぬぐぐっ」

……ソルティス、どうして僕を睨むの？

（さすがに、これは僕のせいじゃないよ……）

やがて彼女は、血涙をこぼしそうな顔で「……わかったわ」と答え、それに美人の姉は満足そうに頷いた。

「帰ったら、私たちも手伝います。それと今日中に、家の大掃除も終わらせてしまいましょうね」

「うん」

「ちぇ～」

僕は頷き、ソルティスは唇を尖らせながら、両手を頭の後ろで組んだ。

イルティミナさんは、そんな僕らを優しく見つめ、それから、中断していた食事を再開する。

上品に食べながら、

「フフッ、これから毎日、忙しくなりそうですね」

と、ちょっと楽しそうに呟いた。

第二章　「マールと姉妹の新生活2」

「いってきます、ソルティス」

「ソル？　あとは頼みましたよ」

　僕とイルティミナさんは、「へ～いへい」とぞんざいな返事をするソルティスに見送られて、家を出た。

　姉妹の家は、緩やかな坂道の途中（とちゅう）にある。

　そのため、ここからは王都ムーリアの景色を、斜（なな）めに見下ろすことができた。

（うわ、本当に広いね、ここ）

　明るい時間に初めて見て、それを実感する。

　城壁（じょうへき）は、遥（はる）か地平にある。

　昨日、僕らの入った正門から、神聖シュムリア王城までは、南北5キロぐらいかな？　そして、東西の方向にある城壁から城壁までは、その3～4倍の距離（きょり）がありそうだった。端（はし）の方は霞（かす）んで、見えないぐらい。

　でも考えたら、当たり前だ。

　30万人の暮らす都市なんて、前世の中核市（ちゅうかくし）ぐらいの規模なんだから。

イルティイミナさんは、僕の手を握りながら、

「マール。もし迷子になったら、まずは、お城を目印にしてくださいね。あれは、王都のどこからでも見つけられますから」

「ん？」

「そこから湖に沿って、西側に向かえば『月光の風』があります。万が一の場合は、そこで待ち合わせましょう。ですから、決して城壁側には行かないように、気をつけてください」

落ち着いた口調だけど、瞳は真剣だ。

でも、なんで？

「東西の城壁近くは、貧民街（スラム）になっています」

「貧民街？」

「はい。王都は広い分、闇も深い……そこには、『魔血の民』も大勢います。『血なし者』には、特に危険な地区なのです」

「…………」

そっか。

そりゃ、『魔血の民』だって、いい人も悪い人もいるよね？

「わかった。約束する」

「はい」

イルティイミナさんは、安心したように笑った。

「マールは可愛いので、すぐに愛玩奴隷にされそうですから。しっかり気をつけてくださいね」

「…………」

こ、怖いことを……。

ブルッと身を震わせた僕は、イルティミナさんの手をしっかりと掴みながら、王都ムーリアの中心部へと坂道を下っていった。

◇◇◇◇◇◇◇

歩くにつれて、通りは広くなり、街並みも整備されて美しく、人の数も多くなった。

まるでメディスの大通りみたいな混雑だ。

(これは、手を繋いでないと迷子になるよ)

イルティミナさんが心配するわけだと、納得する。

彼女は先を歩いて、子供の僕に、他の人の身体がぶつからないようにしてくれる。その後ろを必死について行くと、やがて僕らは、噴水のある広場に辿り着いた。

円形の広場の外周には、様々な店舗が並んでいる。

「うわ〜、色んなお店があるね?」

「はい。まずは、当面の食材を買い集めましょう」

「うん」

そうして、僕らは歩いていく。

（……あれ？）

近くにある野菜屋さんの前を通り抜けて、イルティィミナさんは、ちょっと離れた野菜屋さんへと向かった。

気づかなかったのかな？

「イルティィミナさん、そこのお店にも、野菜、売ってるけど？」

「……あそこは、駄目です」

なんで？

あ……もしかして、高いのかな？

僕は、呑気にそんな風に思った。

「あの店には、『魔血の民』は入店できないんですよ」

「……え？」

驚く僕に、イルティィミナさんは儚げに笑う。

その白い指が、店先を示して、

「あれは、魔力測定具です」

それは、大きな風鈴みたいだった。

外身から下がった細長い舌の部分が魔法石になっている。多分、あれが魔力に反応して、風鈴を鳴らすんだ。

見れば、『悪魔の子、入店お断り』と、ご丁寧に看板まで用意されている。

（どうして……？）

恐ろしい差別を目の当たりにして、僕はショックを受けていた。

「人々の安心のためです」

「安心？」

意味がわからない。

イルティミナさんは、自分に言い聞かせるように、僕に説明する。

「血に目覚めた『魔血の民』は、魔力だけではなく、筋力も強いのです。その力は、マールよりも幼い女の子が、成人の男性を素手で引き裂き、殺せてしまうほどです」

「…………」

「同じ店内に、そのような存在がいたら、皆、どう思うでしょう？」

店主らしい人が、チラッと見えた。

普通のおばさんだった。

人の良さそうな、優しそうな雰囲気の人だ。差別をするようには、とても見えない。

「魔力測定具のある店は、そのような安心を客に保証しているのです。現に、売り上げは、そちらの方が高いと聞いています」

「…………」

「差別ではなく、金銭のために、魔力測定具を用意する店もあるのですよ」

そんなことが、あるんだ……。

（これはもう、理屈じゃなくて、生物としての感情の問題だよ……）

唇を噛んでうつむく僕の髪を、イルティイミナさんは、優しく撫でてくれる。

「ありがとう、マール。私たちのために、そんな顔をしてくれて」

「…………」

「でも、私は、笑っているマールの顔を見るのが、好きなんです。だから、ほら……ね？　貴方は、どうか笑っていてくださいな」

あぁ、なんて人だろう。

イルティイミナさんは、自分よりも僕を気遣ってくれていた。

（応えなきゃ、男じゃないぞ、マール？）

僕は、顔を上げた。

「うん、あんな店、こっちからお断りだよ！」

「はい」

「あっちより美味しい野菜、いっぱい買ってやろう、イルティイミナさん！」

「フフッ、もちろんです、マール」

僕らは、笑い合った。

イルティミナさんの笑顔を見たら、こんなの些細なことに思えた。

（うん、負けるもんか！）

人の闇だけなく、人の光も見ていこう。

僕らは、魔力測定具のない野菜屋さんへと、意気込みながら突撃していった――。

野菜屋さんの次は、肉屋さん、酒屋さんへと突撃した。

買った品物で、イルティミナさんの肩に提げられた大きなトートバッグは、パンパンに膨れている。

「重くない？」

「赤牙竜の牙に比べたら、全然ですよ」

それも、そうか。

でも、３人分にしては、ちょっと多すぎる気もする。

そう聞いてみると、

「ソルは、３人分食べますので……」

「あぁ、なるほど」

とても納得です。

（つまり5人分の買い物なんだね、うん）

苦笑していたイルティィミナさんは、僕の手を引いて、お店の前から噴水広場へと戻っていく。

と、急に噴水の水が勢いを増した。

「おや、もう11時ですか」

どうやら、特定の時間だけ、水量が変わるみたい。

流れる水たちの踊り（おど）は、とても綺麗（きれい）だ。

近くにいる人たちも、僕らと同じく噴水を見ている。

トンッ
「わ？」

「おっと、ごめんよ」

だからかな？

余所見（よそみ）をして歩いていたらしい男の人が、僕にぶつかった。僕はよろけて、イルティィミナさんが「マール」と慌てて、支えてくれる。

男の人は、彼女の横を通り抜け、
パキンッ
「いぎっ⁉」

突然、その男の人は悲鳴をあげて、地面に転がった。

（……え？）

その人の右手の人差し指と中指が、変な角度に曲がっている。いや、折れている？

ポカンとする僕を支えながら、イルティミナさんが低い声で言った。

「……狙う相手を間違えましたね」

「！　くそっ！」

男の人は蒼白になり、指を押さえながら、人混みの中に消えていった。

あっという間だった。

そのせいで、周りの人たちも、今の出来事に、全然、気づいていない。

（えっと……？）

困惑する僕に、イルティミナさんは優しく言う。

「大丈夫でしたか、マール？」

「あ、うん」

でも、今のはいったい？

「あの男は、スリだったんですよ」

「……はい？」

「マールに気を取られた私から、財布を抜き取ろうとしたんです。なので、その指を折ってやりました」

そ、そうだったんだ。

全然、わからなかった。というか、いつすろうとして、いつ折ったのかも、わからない。

「王都には、こんな危険もありますので、マールも気をつけましょうね？」

「う、うん」

「さて、いい時間です。買い物もこれぐらいにして、少しお茶でもしてから帰りましょうか」

そう笑って、彼女は、近くの喫茶店を探す。

（……まるで今のことが、なかったみたい）

イルティミナさんにとっては、スリなんて、大したことじゃないのかもしれない。

というか、王都ではよくあることなのかな？

安心大国の日本から転生した僕は、もっと注意しなきゃな、と思った。

（うん、異世界での生き方の勉強になるね）

そういうことを色々と教えてくれる美人先生は、僕の手を引きながら、「なんだか、デートみたいですね」と恥ずかしそうに呟いていたけれど。

「マールは、将来、やりたいこととかあるんですか？」

喫茶店で、そんな質問をされた。

僕は、ちょっと驚きながら、アイスレモンティーのグラスを傾けるイルティミナさんを見る。

ちなみに僕は、アイスミルクティー。

真紅の瞳を細めて、彼女は笑う。

「もしあるなら、私は、マールの力になりたいのです。協力できること、何かありませんか？」

「う、う～ん？」

急だったので、びっくりしてしまった。

僕は、考えながら、こう答える。

「メディスでも言ったけど、僕は、自分の失った記憶や過去を知りたかったんだ」

「はい」

「でもそれは今、ムンパさんが調べてくれることになって」

「ムンパ様が？」

彼女は、驚いた顔だ。

僕は頷いて、昨日、ムンパさんにお願いしたことを、イルティミナさんにも伝えた。彼女は、真剣な顔でそれを聞いてくれて、

「それでは、しばらくは、その報告待ちなのですね？」

「うん」

僕は、アイスミルクティーのグラスを、口に運ぶ。

甘くて、冷たくて、美味しい。

そんな僕を見ながら、彼女は、美しい髪を揺らして、首をかしげた。

「では昨日、キルトに言っていた『マールの考えていること』とは、なんでしょう？」

「それは……」

言うか、ちょっと迷った。

だから、逆にこちらから質問してみる。

「それに答える前に……イルティミナさんは、冒険者をしていて楽しい？　それとも、やっぱり辛い？」

「え？」

真紅の瞳が丸くなる。

それでも見つめ続けると、彼女は、ゆっくりと考えてから、教えてくれた。

「そうですね……両方です」

「両方？」

「はい。もともと、生きるために始めた職です。楽しさも辛さも関係なく、やるしかありませんでした。正直、辛い方が多いです。ですが、この年まで続けられている以上、その中に楽しさも見つけているのだと思います」

答える表情は、清々しかった。

（そっか）

僕の中にあった想いは、それを見て、固まっていく。

「あのね、イルティミナさん？」

「はい」

「僕は欲張りだから、欲しいものや、やりたいことが、たくさんあるんだ。そのために必要な手段を、今は、１つだけ見つけてる」

「手段、ですか？」

彼女は、不思議そうに僕を見つめた。

（イルティミナさんには、反対されるかもしれない）

不安だった。

でも、もう決めた。

アイスミルクティーを一口飲んで、喉を湿らす。

その冷たいグラスをテーブルに戻して、僕は、美しい真紅の瞳を見つめ、

「――僕は、これから、『冒険者』になろうと思ってるんだ」

そう、はっきりと口にした。

第三章 「マールと姉妹の新生活3」

喫茶店での僕の発言に、けれど、イルティミナさんは何も答えなかった。

反対もしない。

でも、賛成とも言わない。

ただ僕の顔をしばらく見つめて、

「…………。ソルが待っているので、そろそろ帰りましょうか？」

「う、うん」

彼女は、いつものように微笑んで、席を立った。

戸惑いながら僕も立ち上がり、イルティミナさんと手を繋いで、王都の帰り道を歩いていった。

帰り道で、彼女とは、普通に他愛ない話をした。

でも、『冒険者になりたい』と言ったことに関しては、やっぱり口にされなかった。

やがて、緩い坂道の先に、姉妹の家が見えてくる。

「あ、ソルティスだ」

2階の窓が全開にされていて、そこで、シーツの埃を払う眼鏡少女の姿があった。

彼女も、こちらに気づいて、

「おかえりー」

と元気に手を振ってくる。

僕らも大きく手を振り返して、お腹を空かしているだろう食いしん坊少女のために、歩く足を少し速めてやった。

◇◇◇◇◇◇

「どーよ？」

2階の1室の真ん中で、ソルティスは、腰に両手を当てて、得意げに笑う。

そこは、今朝まで物置だったという。

でも、今は、ピカピカの綺麗な空き部屋になっていた。

（おぉ～）

壁や床には、チリ1つない。

水拭きもされているようで、足を踏ん張ると、床板はキュッと鳴る。

隣のイルティミナさんも、感心した顔だ。

「驚きました。まさかソルが、ここまでちゃんとやるとは……」

「ふふん、私だって、やる時はやるのよ！」

小さな指が、鼻の下をこする。

うん、指が汚れていたのか、そこがチョビヒゲみたいに真っ黒になった。

イルティミナさんは、嬉しそうに笑う。

「貴方も、マールのためにがんばったのですね？　偉いですよ、ソル」

「…………」

ソルティスは、ポカンとした。

その顔が赤くなり、両手を振り回す。

「ち、違うから！　コイツのためと違うから！　わ、私はただ、自分の仕事を完璧にしたかっただけで、絶対に違うから！」

「はいはい。では、がんばったソルのために、すぐお昼にしましょうね？」

「ちょっと聞いて、イルナ姉⁉」

1階へと階段を降りていく姉を、妹は必死に訴えながら、追いかける。

それを見送り、僕は、改めて部屋を見る。

（そっか。ここが僕の部屋か）

あの姉妹と一緒に暮らすための、僕の居場所。

ちょっと頬が、にやけた。

庭の見える窓から、涼やかな風が吹き込んでくる。

うん、とても気持ちがいい。

「そうだ。ソルティスに、お礼を言わなきゃね」

青い瞳を細めた僕は、すぐに気づいて、急いで2人のことを追いかけた。

イルティィミナさんは、さっそく買ってきた食材を使って、肉と野菜がふんだんの美味しいパスタ料理を作ってくれた。

もちろん、ソルティスのお皿は、量が3倍だ。

「ありがと。これあげる」

「うっさい！　別にマールのためじゃないわよ！」

大きなお肉の塊をあげると、彼女は顔を赤くして、そっぽを向いた。

でも、お肉はそのまま食べてくれた。

（うんうん、実にソルティスらしい）

そんな僕らの姿に、イルティィミナさんは、とても優しい眼差しで微笑んでいた。

お昼が終わったら、3人で大掃除の時間だ。

1ヶ月間、放置されていた家は、どこもかしこも埃が溜まっている。庭の雑草も刈る予定だ。

2人とも、長い髪を結い上げて、お団子にする。

イルティミナさんは、もしこのまま和服を着たら、若奥様から美人若女将にクラスチェンジすると思った。

(うん、眼福、眼福)

心の中で手を合わせる僕と美人姉妹は、埃を吸わないよう鼻と口を布で覆い、

「それでは、始めましょう」

「おー!」

「おー!」

家長の合図と共に、大掃除を開始した。

サッサッ　パタパタ　ポンポン
箒で掃き、ハタキで叩き、干した布団に布団叩きを食らわせる。

開け放たれた家中の窓から、埃たちが逃げていく。

(よしよし)

目に見えて綺麗になっていくと、ちょっと楽しい。

そして僕は、次の狙いとして、2階にある1室を開けようとする。

(ん……?)

ググッ

でも、開かない。

鍵がかかっているわけでもないのに、動かない。建てつけが悪いのかな？

必死に力を込めていると、通りかかったソルティスが、その様子を見つけて青ざめた。

「ちょ……駄目よ、ボロ雑巾！」

「え？」

ドンッ

突き飛ばされた。

尻餅をついた僕の前で、彼女は、扉を庇うように仁王立ちする。

「開けたら、せっかく突っ込んだ荷物が出てきちゃうでしょ!?」

「……荷物？」

「マールの部屋にあった奴よ」

………。

ソルティスは、額の汗を拭って、遠くを見ながら爽やかに笑った。

「ここはもう、一生、開かずの間になったのよ」

そして、彼女は去っていく。

いや、まぁ……それでいいなら、いいんだけどね。

（でも、イルティミナさんに見つかったら、怒られないかなぁ？）

ちょっと心配になる。

その30分後——案の定、姉に叱られる彼女を見かけることになったけれど、僕は庭の草むしりを続行した。

「ふぅ」

見上げる青空は、残酷なほどに綺麗だった。

「——はい。では、これで大掃除は終了です」

雑草の最後の1本を引っこ抜き、

「終わった～」

「私……もう駄目ぇ……」

汗だくになった僕らは、地面に座り込んだ。

イルティミナさんは、抜いた1本を、庭の隅に集められた刈った雑草の山に落として、僕らに笑いかける。

「2人とも、お疲れ様でしたね」

「うん」

「イルナ姉も、お疲れー」

「フフッ、先ほど、お風呂も沸かしておきましたから、まずはマールから入ってください」

え、いいの？

驚く僕の横で、やっぱりソルティスが抗議する。

「ちょっと、そうですよ。あとソルは、この刈った雑草を袋詰めしておいてくださいね？」

「ちょ……なんで、私が!?」

彼女は、愕然とする。

そんな妹に、イルティィミナさんは、にっこりと笑った。

「荷物を詰め込みすぎて、2階のドアを歪ませたのは、誰でしょう？」

「…………。さ、さぁ、がんばるわ～」

ソルティスは、そそくさと立ち上がった。

う、う～ん？

「僕、手伝おうか？」

「駄目ですよ、マール。これは、ソルの罰ですから」

イルティィミナさんは、きっぱりと言った。

それから、汚れていない手の甲で、僕の頬を羽根のように撫でる。

「本当に、貴方は優しい子ですね。――さぁ、マール。貴方はお風呂に入って、さっぱりしてきなさい」

「……うん、わかったよ」

その言葉に甘えて、僕は笑った。

「じゃあ、お先にお風呂、頂かせてもらうね？」

「はい」

イルティイミナさんは微笑み、大きく頷いた。

姉妹の家のお風呂は、地下にあった。

脱衣所は狭かったけど、浴室は広くて、壁は岩が剥き出しになっている。

ツルツルした黒石でできた湯船も、水面は床と同じ高さで、3人ぐらい一緒に入れそうな大きさだ。

（なんだか、旅館の温泉みたい）

すっぽんぽんの僕は、その風情を楽しみながら、頭からかけ湯する。

あぁ、いい熱さだよ。

汗や埃、泥汚れと一緒に、疲れも流れていく感じだ。

「あぁぁぁぁ～」

年寄り臭い声を出しながら、湯船に浸かった。

（お風呂って、幸せだぁ……）

しみじみと、その幸福を堪能する。

——その時だった。


「お湯加減は、いかがですか、マール？」


脱衣所の木戸が開いて、イルティミナさんが入ってきた。

（え？）

彼女は、すっぽんぽんだった。

その白い裸身の前を、タオル1枚だけで隠している。いや、大きすぎる胸は、半分以上、はみ出ていて、タオルの長さが短いのか、股間の隠れ方もきわどかった。

「な、ななな……？？？」

なんで⁉

硬直する僕に、イルティミナさんは、少し恥ずかしそうに笑う。

「まずはマールから、と言ったでしょう？　次は、私です」

ええ、一緒に入るつもりだったの⁉

不安そうに、彼女は言う。

「嫌ですか？」

「い、嫌じゃないけど」

でも、恥ずかしいというか……。

口ごもる僕の前で、イルティミナさんは「よかった」と安心したように笑う。

(うぅ、そんな顔をされたら、もう断れない)

のぼせそうな僕の前で、彼女は、湯船のお湯を木桶ですくい、その身体にかけていく。

「あぁ……気持ちいい……」

「…………」

こら！

変な風に考えるな、僕。

(僕は、紳士だ、紳士だ、紳士だ、紳……)

必死に言い聞かせ、思い込ませる。

イルティミナさんの白い肌は、とても綺麗で、流れるお湯も美しかった。結い上げられた髪の白いうなじにある後れ毛も、とても色っぽい。長身で美人なのに、胸は大きく実り、お尻もたわわに育っている。それなのに、鍛えられた腰はくびれ、足も長くてスタイルも抜群である。

頬はかすかに上気し、桜色の唇が吐く息は、とても熱そうだ。

(イ、イルティミナさんって、完璧すぎる)

必死に理性を保とうとする僕。

でも、その耳に、

「さぁ、マール？　背中を流してあげますので、湯船から出ていらっしゃい？」

「…………」

嘘でしょ？

ブンブンと首を振る僕に、イルティミナさんは、艶っぽく笑った。

白い両手が、僕の両脇の下にスッと入る。

（あ）

気づいた時には、あっさり湯船から引き出されていた。ひゃぁああ⁉

慌てて、股間だけは両手で隠す。

「…………」

イルティミナさんは、一瞬だけそこを見つめる。

頬を赤らめ、

「コホン……さ、さぁ、マール。そこに座ってください」

僕を浴室の床に下ろして、回れ右をさせた。

（もう……好きにして？）

羞恥の限界を超えた僕は、もはや諦めの境地で、彼女の言うがままに床に座っていた。

イルティミナさんは、僕のタオルに黄色い粉をかける。クシャクシャと揉むと、白い泡だらけになった。どうやら、粉石けんらしい。

一緒に泡だらけになった白い手が、僕の背中に、タオルを当てる。

（う……）

ちょっとピクッとなった。

タオルが、ゆっくりと上下に動いていく。

「ソルの背中とは、少し違いますね？　……やっぱりマールは男の子です」

「…………」

一瞬、眼鏡少女の裸を、想像しかけた。

いかん、いかん。

（明日から、顔が見れなくなるよ……）

慌てて振り払い、僕は、ジッとしている。

イルティミナさんは、それ以上、何も言わないで、ただ僕の背中を優しく洗ってくれた。

どの位、時間が流れたのか、

「……マール？」

不意に、彼女は言った。

「喫茶店での話ですが……マールは、どうして冒険者になりたいと思ったのですか？」

「え？」

唐突な質問に、僕は、つい振り返ろうとした。

でも、その頭を、白い手が押さえる。

「こら。こっちを向いたら、駄目ですよ」

「あ、う、うん」

「……マールの気持ちを、この私に、もう少しだけ教えてもらえませんか？」

イルティミナさんの声には、真剣な色があった。

（もしかして、ずっと考えててくれたのかな？）

あの言葉を受け入れるのに、彼女にも時間が必要だったのかもしれない。

僕は、頭を整理して、正直に答えた。

「えっと……理由は、２つかな？」

「２つ？」

「うん。１つ目は、イルティミナさんたちと、これからも一緒にいるため」

僕は、目の前の湯気を見つめる。

その中から、あの時の声が聞こえてくる。

「メディスの街で、キルトさん、言ってたよね？　足手まといの僕が一緒にいると、いつか誰かが死ぬって。話を聞いて、僕もそう思った。でも、あれから王都まで旅をして、やっぱりみんなと一緒にいたいって、思ったんだ」

「………………」

「そのためには、足手まといじゃなくて、仲間にならなきゃって思った。同じ冒険者として、みんなの役に立たないとって」

すぐには、無理かもしれない。

でも、１歩ずつでも歩きださなければ、いつまでも目的地には辿り着かないんだ。

イルティミナさんは、黙って（だま）いた。

ただ僕の背中を、ゆっくりとタオルでこすっている。

「理由の２つ目は、強さが欲しかったから」

「…………」

言うべきか、少し迷った。

でも、イルティミナさんには、全てを言ってもいいかな？　とも思った。

だから、言う。

「僕は、『悪魔を倒（たお）せる力』が欲しい」

「悪魔を？」

さすがに驚いた声だった。

僕は、頷く。

「多分、失った記憶が、そう求めてるんだ。理由は、僕にもわからない。でも、この身体が、
何度も叫（さけ）ぶんだよ」

「…………」

目を閉じる。

今も、『マールの肉体』の声がする。

「人を魔物（まもの）に変える子供、その行いを止めろ！」

「…………」

「悪魔がいるかもしれない暗黒大陸に、すぐに行くんだ！」

「………」

「この世界にいる悪魔を倒せ！」

僕は、目を開けた。

「心の中で、ずっと、そんな声が急き立てるんだ。……いったい僕は、なんなんだろう？」

背中をこする手は、いつの間にか、止まっていた。

僕らは、何も言わなかった。

ピチョン

天井の水滴が、湯船に落ちる音がする。

波紋が広がって、やがて、消えた。

「だから、僕が冒険者になりたいのは、そんな理由なんだ」

「そうですか」

僕が言うと、イルティミナさんのタオルを持つ手は、またゆっくりと動き出す。

やがて、彼女は木桶にお湯をすくい、

ザバァ

「はい。綺麗になりましたよ、マール」

「ん」

泡と汚れが、僕から流れ落ちていく。

（あ～、気持ちよかった）

立ち上がった僕は、イルティミナさんの背後へ、トトトッ……と歩いて回る。

「マール？」

「今度は、僕の番だ。イルティミナさんの背中、僕が洗ってあげる」

「え？」

びっくりした彼女に向かって、僕は、笑いかけた。

彼女は、苦笑する。

「わかりました、お願いします」

「うん」

「フフッ……私は髪が長いので、そちらも手伝ってもらえると助かります」

「ん、いいよー」

もう、何でも来いだ！

イルティミナさんのタオルを借りて、粉石けんをつけて、泡立てる。

モコモコ
その間に、彼女の指が、まとめていた美しい髪をほどいた。森のような色の髪が、白い背中にこぼれ落ちる。

泡のついた指で、その髪に触れた。

（わ……気持ちいい）

指通りが良くて、ずっと触(さわ)っていたくなる不思議な髪だ。

僕は、それを丁寧(ていねい)に洗ってやる。

「あぁ……とても上手ですね、マール？」

「そう？」

「はい。このまま、ずっと洗っていてもらいたくなります」

あはは。

イルティミナさんに褒(ほ)められて、僕は、一生懸命(いっしょうけんめい)にがんばった。

髪を洗い終わったら、今度は背中。

（……思ったより、大きいんだね）

僕が子供だからか、とても頼(たの)もしく見える。

でも、しっとりした肌で、すっごく綺麗だった。

その背中を泡まみれにしてから、お湯をかけると、水滴は玉になって流れていく。

「はい、終わり」

「ありがとうございました」

そして僕らは、一緒に湯船に浸かった。

ドキドキした。

でも、安心感もあった。

「…………」

「…………」

何も言わず、ただ並んで座っている。

やがて、のぼせそうになって、お湯から出ようかと思った頃、イルティィミナさんが前を向いたまま、ポツリと言った。

「明日、ギルドに行って、マールの冒険者登録をしましょうか……」

「…………」

その横顔は、上気した頬にほつれ髪がくっついていて、艶やかに美しい。

「うん」

前を見て、頷く。

湯船の中にあった僕の手を、イルティィミナさんの手が優しく握った。

僕も握り返した。

「…………」

「…………」

もうしばらくの間、僕ら2人は、ただただ温かな湯船の中に浸かっていた――。

第四章 「赤き魔法の紋章」

その夜の夕食の時、僕は『明日、ギルドで冒険者の登録をしてくる』とソルティスにも伝えてみた。

それを聞いた彼女は、目を丸くして、

「……マジ？」

「うん」

「ふぅん。まぁ、マールの人生だし、好きにしたら」

と呆れながらも、受け入れてくれた。

ただ姉の方を見て、

「でも、イルナ姉はいいの？」

「反対したくなかったと言えば、嘘になりますが……マールのためには、きっと必要なのだと思いました」

「そ」

頷いて、ソルティスは、自分の料理を食べ始める。

と思ったら、

ポイッ

から揚げが1つ、僕のお皿に飛び込んできた。

「あげるわ。早死にしないよう、がんばんのよ？」

と、少女は笑った。

彼女らしい激励に、「うん、ありがと」と僕も笑う。

イルティミナさんも微笑んで、

「そうならないよう、私もしっかり守ります」

「えっと……嬉しいけど、守られなくてもいいように、冒険者になるんだからね？」

「あら、そうでしたね」

とぼけるイルティミナさん。

僕らはつい、3人で大笑いしてしまった。

そうして、楽しい夕食を終えると、イルティミナさんの部屋でアルバック共通語の勉強会だ。

発音の似ている文字や、字体の似た文字は、まだ不安だけど、でも一応、全ての読み書きはできるようになった。

「……マールは、覚えが良すぎて残念です」

「あはは」

教えたがりのイルティミナ先生は、ため息をついている。

どうも僕は、いい生徒ではないようだ。

そうして勉強会も、2時間ほどで終わって、僕は、自分の部屋へと戻った。

何もない部屋で、ベッドに横になる。

暗い天井を見上げながら、

（……明日、僕は冒険者になるんだ）

そう思った。

知らずに、胸が高鳴る。

だって、ラノベやアニメ、ゲームの中でしかない職業だ。

不安もある。

でも、やっぱり楽しみだった。

窓の外では、今夜もいつものように紅白の美しい月たちが輝いている。

僕はそこに、マールの右手を伸ばした。

何かを掴むように、ギュッと握る。

「うん、明日もがんばろう、マール」

小さく笑って、まぶたを閉じる。

明日からの日々に思いを馳せながら、やがて僕は、ゆっくりと眠りの世界に落ちていった
——。

翌朝、僕は、イルティミナさんと一緒に家を出た。

ソルティスはまだ寝ていたので、リビングのテーブルにメモだけ残しておいた。姉曰く、魔狩人の仕事がオフの時は、ソルティスはずっと本を読んでいるので、留守番を任せても大丈夫なのだという。

そんな話をしていると、冒険者ギルド『月光の風』に到着した。

「さぁ、行きましょう」

「うん」

緊張する僕の手を引いて、イルティミナさんは、白亜の建物に入っていく。

今日も、人がいっぱいだ。

冒険者さんもいれば、ギルドの職員さんもいる。

その中に、ギルドの制服を着た、見覚えのある赤毛のポニーテールの獣人さんを見かけた。

向こうも気づく。

「あれ？　イルティミナさんにマール君？」

「おはよう、クオリナさん」

ペコッと頭を下げると、近寄ってきた彼女は笑って、その頭を撫でてくる。

「小さいのに、礼儀正(れいぎただ)しいね～、マール君は？」

「ど、どうも」

ちょっと照れる。

そんな僕らの様子を見て、イルティミナさんは、大きく頷(うなず)いた。

「ちょうどよかった、クー。顔見知りの貴方(あなた)ならば、マールも安心でしょう」

「ん？」

「実は今日、私たちは、この子の冒険者登録をしようと思って、ギルドに来たのです」

「え？　マール君の⁉」

彼女は、驚(おどろ)いたように僕を見る。

「お願いできますか、クー？」

「それは、もちろんだけど……本当にいいの、マール君？」

「はい」

確認(かくにん)してくる彼女に、僕は頷いた。

そのまま、クオリナさんの目を、真(ま)っ直(す)ぐに見つめる。

その視線を受け止めて、彼女は大きく頷いた。

「うん、じゃあ登録しようか」

「はい」

「まずは説明や手続きがあるから、別室に行こうね。私についてきて」

そしてクオリナさんは、イルティミナさんを見て、

「イルナさんは、ここで待っててね」

「なんですって？」

イルティミナさん、ショックな顔だ。

クオリナさんは、両手を腰に当てて、困ったように言う。

「マール君、これから冒険者になるんだよ？　その覚悟と責任を、１人で背負う必要があるの。保護者同伴はダメ！」

「……し、しかし」

「大丈夫、イルティミナさん。僕は、１人でも平気だよ」

安心させようと笑いかける。

でも、彼女は余計にショックを受けた顔で、しょんぼりと肩を落とした。あ、あれ……？

クオリナさんは笑って、僕の手を握る。

「じゃあ、行こっか、マール君」

「あ、はい」

歩きながら、振り返る。

イルティミナさんは、なんだか真っ白な灰になった様子で、来客用の椅子に力なく腰を下ろしていた。

（だ、大丈夫かなぁ？）

ちょっと不安になりながら、僕は、ギルド内を歩いていった。

やがて案内されたのは、４階のギルド職員の区画だった。

パーテーションで区切られた席に、座らされる。

資料を手にしたクオリナさんは、右足を引きずりながら、僕の対面の席に座った。

「お待たせ。じゃあ、まずは説明をさせてね」

「はい」

「聞き終わったあとに、もし心変わりしたら、やめても大丈夫だよ。気持ちが変わらなかったら、登録しようね」

「うん、わかりました」

素直に頷くと、クオリナさんは、小さく笑った。

テーブルに資料を置いて、

「まずは冒険者についてだね」

「はい」

「そもそも、冒険者っていうのは何か？　一言で表すなら、『なんでも屋さん』なんだ。魔物を狩ったり、護衛をしたり、遺跡を探索したり、依頼されたことをなんでもするの」

そこでクオリナさんは、指を１本、立てた。

「でも、１つだけ他の職と違うのは、『命がけ』ってところ」

「…………」

「冒険者になって1年以内での死亡率は、3割弱。5年間の生存率は、6割しかないの。とっても危険なんだよ」

クオリナさんは、自分の右足を、ポンポンと軽く叩く。

「私みたいに、後遺症を残す人も多いんだ」

「…………」

「だから、冒険者になる時には、保険ギルドへの加入が必須なんだ。うちのギルドと提携してる保険ギルドがあるから、そこに、ちゃんと入ってね？」

開いた資料を見せてくれるクオリナさん。

（保険ギルドなんて、あるんだ？）

ちょっとびっくり。

「私は今も、これで助けられてるからね。新人の間は、料金も高く感じるけど、がんばろ？」

「はぁ」

「ま、保険については、詳しくは登録してからね」

僕は、頷く。

「次は、冒険者ランクについてね」

「はい」

「当たり前だけど、クエストにも難易度があって、そのランクに見合ったクエストしか受注できないの」

「えっと、ランクは、5つあるんですよね？」

「そうそう。よく知ってるね？」

感心するクオリナさん。

前に、ソルティスに聞いた通りだった。

ランクを示す冒険者印は、下から、赤、青、白、銀、金の5色。

リド硬貨と同じ色だ。

もっと詳しく説明されると、
赤、新人。

青、一人前。

白、一流。

銀、超一流。

金、規格外。

となるらしい。

「キルトさんみたいな金印になると、1つのクエスト報酬は、数万〜数十万リドになるんだよ？」

つまり日本円にして、数百万〜数千万円！

（キルトさん、すごいや！）

クオリナさんは笑って、

「実績を積んでいくと、昇格(しょうかく)クエストがギルドから依頼されるんだ。それをクリアすると、次のランクになれるの」

「へ～」

「まぁ、1つランク上げるのに、平均5年ぐらいかな？」

「そんなに？」

僕は、知り合いの3人の顔を思い浮(う)かべる。

クオリナさんは、苦笑した。

「あの人たちは、別格だよ」

「でも、クオリナさんも若いのに、白印の冒険者だったんだよね？」

「まぁ、たまたまね？」

そう呟(つぶや)いて、ちょっと辛(つら)そうな、懐(なつ)かしそうな目をする。

（……あ）

僕は、馬鹿だ。

簡単に、口にしてしまったことを後悔(こうかい)する。

でも、クオリナさんは、すぐに気を取り直したように笑って、

「ごめんね、話が逸(そ)れちゃった。冒険者ランクなんだけど、白印以上になるとね、みんな自分の得意分野がわかってくるから、それぞれ専門職を名乗れるようになるの」

「専門職？」

「うん。例えば、魔物を狩る専門の『魔狩人』とか」

あぁ、なるほど。

「専門職の人には、それぞれ専門クエストがあるし、その分、報酬も増えるの」

「ほうほう?」

「『魔狩人』の他にも、『護盾士』、『真宝家』、『魔学者』があって、全部で4つの専門職があるんだよ」

そうして彼女の説明によると、

護盾士。

人々を守る盾となる冒険者。

護衛、犯罪者の捜索、他都市への配達業務などなど、都市を中心に活動して、人々の暮らしに関わる仕事が多い。

きっとクレイさんも、この『護盾士』だったんだね。


真宝家。

いわゆる、トレジャーハンター。

古代の遺跡から、宝物を探す夢追い人たち。

でも、罠の解除とか、マッピング能力がないとできない特殊な専門職なんだって。

魔学者。

魔法学に詳しい研究者。

魔法具の発明や、発掘された古代の遺物についても研究してる。

学者だけど、知識のためには遺跡にも潜るんだって。

たまに、新魔法を生み出したりするとか。


魔狩人。

言わずと知れた、魔物を狩る冒険者。

冒険者の中でも、イルティミナさんたちのような、特に強い人たちがなる専門職。

報酬は１番！

……でも、死亡率も１番高いんだって。


（ふむふむ、そんな感じかな？）

テーブルの資料と、クオリナさんの説明から、そう要約する。

「厳密には、その人の得意分野って意味だけだから、『護盾士』が『魔狩人』の仕事も受注はできるんだよ？　もちろんギルドの方で、受注許可を出すか判断してるけど」

「なるほど」

資料とにらめっこしながら、僕は頷く。

そして顔を上げ、

「あの、１つ質問してもいいですか？」

「ん、何？」

「前に僕、『冒険者の宿』に泊(と)まったことがあるんです。そこと『冒険者ギルド』の違(ちが)いって、なんですか？」

クエストも同じように扱(あつか)ってるし、正直、違いがわからない。

クオリナさんの獣耳(けものみみ)が、ピコピコ動く。

「うん、いい質問」

「はぁ」

「『冒険者ギルド』はね、冒険者の登録やサポート業務もしているの。『冒険者の宿』がするのは、単にクエストの掲示(けいじ)と受注だけ」

「ふむふむ？」

「でも、一番の違いは、そのクエストの難易度なんだよ」

クエストの難易度？

「冒険者ギルドのクエストは、基本、所属する冒険者しか受注できないの。そして、冒険者ランクの把握(はあく)や受注管理もしてる分、クエストの失敗も少ないんだ。その分、高額で、だから難易度も上がるの」

「へ〜？」

「冒険者の宿は、冒険者なら、ギルド関係なく受注できるの。その分、失敗も多いから、報酬も安くて、難易度も低くなるんだ」

なるほど、そうなんだ。

クオリナさんは、ちょっと声を潜めて、僕に顔を近づける。

「例えばだけど、領地で魔物が発生した領主の貴族は、普通、『王国』に討伐を依頼するの。でも、『王国の騎士団』は大きな組織だから、動き出すのが遅いの。そんな時、フットワークの軽い『冒険者ギルド』に依頼が落ちてくることもあるのよ」

それって、

「もしかして、赤牙竜ガドみたいな？」

「そうそう」

クオリナさんは、笑った。

「それだけ『冒険者ギルド』は、国からも信頼されてる組織なんだよ！」

耳もピンとして、ちょっと誇らしげだ。

そして、詳しく説明されたのを、僕なりに解釈すると、

王国。

大規模なクエスト（？）にのみ対応。

冒険者ギルド。

高難度のクエストに対応。

報酬は、高額。

なので依頼人は、貴族や、高額を支払える民間人が多い。


冒険者の宿。

低難度のクエストに対応。

報酬は、少額。

なので依頼人は、普通の民間人が多い。


（……こんな感じかな？）

クオリナさんは、尻尾を左右に振りながら、嬉しそうに笑う。

「うんうん、マール君は物わかりが良いね？　説明が楽で助かるよ」

「あはは、どうも」

褒められてしまった。

「さて、説明はこれぐらいかな。何かわからないところ、あったかい？」

「ううん」

「なんでもいいんだよ？　納得できるまで、ちゃんと答えるから」

と言われても、特に思いつかない。

「今はないです。またあとで、出てきたら質問します」

「そう」

クオリナさんは頷き、数秒、間を置いた。

「それじゃあ、マール君？　君は、まだ冒険者になりたいかい？」

「はい」

即答した。

翡翠色の瞳が、僕の目を、奥まで覗くように見つめてくる。

そして、笑った。

「わかったよ。じゃあ、登録するね」

「はい、お願いします」

僕は、頭を下げる。

そのあと、クオリナさんは、僕に何枚かの書類を書かせた。

契約書とか、同意書とか、誓約書とか、色々だ。

（えっと、これが名前で、こっちが住所で……これは年齢と性別？　これは、親の名前？）

まずは、読むのに一苦労。

「マール君、もしかして、字、読めないの？　私、読もうか？」

「だ、大丈夫です」

時間をかければ、読めるのだ。

でも、

「あの、これ……名前と性別しか、わからないんですけど」

「え？」

「僕、ちょっと記憶がなくて」

「え!?　えええええ!?」

クオリナさん、びっくりである。

彼女曰く、わかるところだけ書けばいいみたいだけど、さすがにあんまりだったので、彼女と話し合った結果、とりあえず、住所はイルティミナさんの家に、年齢はソルティスと同じ13歳にした。

「マール君、10歳ぐらいに見えるけど……」

「いいんです！」

ソルティスの弟分なんて、絶対に嫌だ。

クオリナさんに苦笑されながら、なんとか書類を書き終える。

ちなみに保険ギルドにも加入した。

死亡保障なし。怪我をした場合、治療費は年間最大5千リドまで、後遺症が残ったら毎年3千リドが10年間、支払われる。

で、保険料は、毎年3千リドだって……高いなぁ。

もっと安いのもあるけど、新人の間は、大怪我(おおけが)する確率が高いから、クオリナさんの薦(すす)めでそれなりの物を選んだ。

書類を確認したクオリナさんは、トントンとそれをテーブルで整えながら、

「じゃあ、最後に血をもらえる？」

「え？」

ナイフが、目の前に置かれる。

その隣(となり)には、水晶玉(すいしょうだま)のような透明(とうめい)な魔法石がある。

「この魔法石に血を吸わせて、手のひらを乗せれば、登録完了(かんりょう)だよ」

「わ、わかりました」

緊張しながら、ナイフを握る。

(これで指を切るのか……)

ちょっと怖(こわ)い。

針でプスッとかの方が、まだいいんだけど。

「マール君」

クオリナさんが、そんな僕に言った。

「君の覚悟を見せて」

「…………」

僕は、大きく深呼吸した。

心を落ち着け、それから、ナイフの刃に指を当てる。

ピッ

ポタポタ

水に溶けるように、魔法石に落ちた血は、中に溶けていく。マーブル模様を描いていた。

「手を当てて」

「はい」

僕は、その魔法石に右手を押し当てる。

（うわっ……熱い！）

思わず離しそうになる指を、意志の力で必死に抑え込む。

熱が、手の中にも浸透して、

「あ……」

手の甲に、真っ赤な魔法の紋章が生まれた。

３人の手にも見た、あの輝き。

クオリナさんは、笑って、大きく頷いた。

「おめでとう、マール君。これで君はもう、冒険者だよ」

僕が……冒険者。

今の僕の目には、もう自分の手にある魔法の光しか見えなかった。

その耳に、遠くから、クオリナさんの祝福の声がする。

「そして、ようこそ『月光の風』へ。——君はもう、私たちの仲間。新しい風の一員よ」

無事、『冒険者マール』となった僕は、クオリナさんと一緒に、ギルド1階へと戻った。

(イルティミナさんは……?)

いた。

灰になっていた彼女は今、立ち直って、クエスト掲示板の前にいる。

「イルティミナさん!」

「!」

声をかけると、彼女はすぐに気づいた。

人混みをかきわけながら、僕らの前にやって来る。

「マール、終わりましたか?」

「うん」

「では、冒険者に?」

僕は、笑った。

「もちろん、なったよ」

「そうですか」

イルティミナさんは、安心したように息を吐いた。

（まるで息子が受験に合格した、お母さんみたい……）

クオリナさんが、僕らに苦笑しながら、

「ほら、マール君？　イルナさんにも、冒険者印を見せてあげなよ」

「あ、うん」

僕は、右手の甲を、彼女に向ける。

イルティミナさんは、両手を胸の前で組み合わせ、ドキドキしながら、僕の手を見つめてくる。

「…………」

「…………」

「…………」

あれ？

右手に、魔法の紋章は出てこない。

というか、

「あの、印って、どうやって出すの？」

「え？」

「え～っと？」

僕の質問に、２人は戸惑った。

「その……意識すれば、出ませんか？」

「う、う～ん？」

意識してるつもりなんだけど……。

と、クオリナさんが、ポンッと手を打った。

「そっか。マール君、魔力のコントロールができないんだ。『魔血の民』じゃないもんね」

「魔力のコントロール？」

「そういうものなのですか？」

イルティミナさんも不思議そうだ。

「普通の人でも、才能あったら、無意識にできちゃう人はいるけどね」

「…………」

つまり僕は、才能ないのか……。

（でも、それなら魔法の紋章を出すには、どうしたらいいのかな？）

冒険者の身分証なのに、困ってしまう。

そんな僕らに、クオリナさんは「大丈夫」と笑いかけた。

そして彼女は、グルグルと右腕を回す。

「マール君、こうして」

「う、うん？」

グルグルグル
右腕を回転させていると、遠心力で、手の方に血が集まるのがわかる。

ちょっと温かい。

「あ……」

イルティミナさんが、小さく声を漏らした。

（え？）

見たら、右手の甲に、赤く輝く魔法の紋章が光っていた。

ええ、なんで!?

驚く僕らに、クオリナさんは、耳をピンと立てて、得意げに言う。

「血が集まると、血の魔力も集まるからね。うん、成功、成功！」

「…………」

これで、いいのかな？

なんか、格好良くないんだけど……。

素直に喜べない僕だったけれど、でも、イルティミナさんは違うようだった。

その魔法の輝きを、ジッと見つめて、

「これがマールの冒険者印なのですね……」

「う、うん」

「あぁ……そうですか」

彼女は、僕の右手を、両手で恭しく持ち上げる。

その紋章に、白い額を当てて、

「そうですか……」

もう一度、ため息のように呟いた。

まるで敬虔な信者が、神の使いに対して、何か誓いを立てているような雰囲気だった。

（喜んで、もらえたのかな？）

そして彼女は、額を放し、僕へと美しい花のように笑いかけた。

「――おめでとうございます、マール」

……あ。

その瞬間、僕の胸に、喜びが溢れた。

（あぁ、そっか）

僕は、その一言が聞きたかったんだ。

言われて、初めて気づいた。

嬉しくて、でも、ちょっと恥ずかしくなりながら、頷いた。

「うん。……ありがとう、イルティミナさん」

互いの顔を見ながら、笑い合う。

僕らの様子を見ていたクオリナさんは、「う〜ん。やっぱり、恋人なのかなぁ？」と呟いていた。

と、イルティミナさんは、そんな彼女を振り返る。

「クーも、ご苦労様でした。私のマールのために、色々と手数をかけましたね」

「あ、ううん。これが、私の仕事だから」

笑って、手を振る赤毛の獣人さん。

そんな彼女に、イルティミナさんは、頷いて、

「そうですか。ならば、クー。貴方にもう1つ、仕事を頼みたいのですが」

「え？」

ん？

イルティミナさんの白い手が、腰ベルトに挟んでいた『何かの紙』を、クオリナさんの顔の前に突きだす。

それは、何かのクエスト依頼書のようで、

「この討伐クエストを、マールと私の2人で、さっそく受注させていただきたい」

「……え？」

え……えええぇっ!?

唖然とする僕とクオリナさんの前で、銀印の美しい魔狩人は、まるで楽しみを待ち切れない子供のような笑みを浮かべていた――。

第五章　「小人鬼の討伐へ」

（どうして、こんなことになったんだろう？）

揺れる馬車の中で、僕は思った。

冒険者になったと思ったら、討伐クエストを受注して、気づいたら、王都ムーリアを離れる馬車に乗っている。

うん、急すぎる。

隣に座るイルティィミナさんが、心ここにあらずの僕に語りかけている。

「今回のクエストの目的は、小人鬼20体の討伐。目撃情報のあるクレント村までは、およそ2時間の距離です。日帰りで充分、戻ってこれますね」

「……うん」

窓の外は、草原が広がっている。

空は青くて、とても綺麗だ。

なんだか、のどかな風景で、これから殺伐とした命のやり取りをしに行くとは思えない。

上の空な僕に気づいて、イルティィミナさんは苦笑した。

「大丈夫ですよ、マール。私もついていています」

「……うん」

「それに、これは、さほど難しいクエストではありません。出発前、クーも言っていたでしょう？」

あぁ、そうだったね。

僕は、出発前のギルドでのことを、ちょっと思い出す。

――クオリナさんは驚きながら、イルティミナさんに突きだされたクエスト依頼書を受け取った。

その内容に、視線を走らせ、

「え～と、ゴブリン20体の討伐？　場所は、クレント村近くの雑木林？」

「はい」

「う～ん、初心者向きといえば、初心者向きだけど」

彼女（かのじょ）は、チラッと僕を見る。

「でも、マール君、初めてだし、まだ子供だし」

「…………」

「それに、このクエスト難易度だと、赤印5人以上のパーティー、あるいは、青印3人ぐらいが妥当かなぁ？」

「私がいますが？」

イルティイミナさん、持っている白い槍の石突で、床をコツンと叩いてアピールする。

クオリナさんは、苦笑する。

「うん、銀印の魔狩人が一緒なんだよね？　パーティーバランスが可笑しくて、判断に困っちゃうよ」

「ただの研修です。基本、私が1人でやりますから」

「……そう？」

クオリナさんは、あごに手を当てて「う～ん」と唸り、

「ま、イルナさんもいるなら、問題ないかな？」

「では？」

「はい、受注手続きしちゃいましょう！」

と笑って、許可しちゃった。

イルティイミナさんは「さすが、クー」と満足そうに頷いている。

（き、決まっちゃった……）

唖然とする僕。

そのあと、2人は、慣れた感じで何枚かの書類に署名したり、魔法球に手をかざして、冒険者印とクエストの魔法的な登録をしたりする。そして、1時間後には、僕とイルティミナさんは、王都ムーリアを出発する馬車に乗っていた。

——そして、現在に至る、だ。

まぁ……いつまでも、呆然としているわけにはいかない。

(うん。決まったからには、がんばらないと!)

馬車の中で、大きく頷く。

「イルティミナさん、最初は、足を引っ張るかもだけど、よろしくお願いします」

「はい。がんばりましょうね?」

きちんと頭を下げると、彼女は、優しく笑った。

そして彼女は、あの大型リュックを目の前に持ってきて、僕に向かって、あのイルティミナ先生の顔になる。

「では、冒険者の心構えを、1つずつ教えましょう」

「あ、うん」

「まずクエスト受注に関しては、先ほど見た通りです。やりたいクエストを見つけたら、ギルド職員に声をかける。あとは、言われた通りにすれば、向こうで勝手に処理してくれますので」

　ふむふむ。

「次に、冒険が決まったらすること」

「うん」

「それは、荷物を作ることです」

　パンッ
　彼女の白い手が、装甲のついた大型リュックを軽く叩いた。

「水、食料、毛布、ロープ、薬、などなど、必要な物は、たくさんあります。特に、緊急用の発光信号弾は、忘れてはいけません」

「うん」

　アルドリア大森林では、発光信号弾があったから、キルトさんやソルティスに助けてもらえたんだ。

「荷物が多くなれば、当然、重くなります。しかしそれは、疲労を増やし、動きも悪くなります。大事なのは、選ぶことです」

「選ぶ？」

「はい。クエストによって、必要な荷物は異なります。未来を想定して、必要最低限の荷物を選びだし、できる限り、軽くする……それが命に関わるほど、大事になります」

そういえば、イルティミナさんも、いつも荷物の確認を丁寧にしていたっけ。

納得して、僕は「うん」と頷いた。

そんな僕に、彼女は微笑み、

「そして、荷物を軽くするのに役立つのが、これです」

「ん？」

白い手が、リュックの中から、幾つかの魔法石を取り出した。

赤や青、白や黄色などのビー玉みたいな奴だ。

「これは、『魔石』と言います」

「魔石？」

「はい。この魔石の中には、魔法によって、火や水が封じられているのです」

綺麗な指が、赤い魔石を摘む。

「例えば、これは火の魔石です。魔力を流せば、炎が30秒ほど出現します。薪などに火をつける時に、役立つでしょう」

「へ〜？」

「この青いのは、水の魔石。２リオンほどの水が出てきます」

「２リオン？」

「この水筒ぐらいですね」

水筒は、2リットルぐらい。

つまり、1リオンは、1リットルぐらいかな？

「白の魔石は、空気が入っています。風で埃を落としたり、水中での活動に役立ちます。黄色の魔石は、虫除けです。毒虫や寄生虫の脅威を減らしてくれます。他にも、たくさんの種類がありますよ」

「ふんふん？」

「魔石は、どれも使い捨てです。ですが、とても軽量なので、重宝する道具でしょう」

なるほどね。

「でも……魔力を流すって、どうやるの？」

「…………」

イルティミナ先生、言葉に詰まった。

「触れて、魔力を送り込むだけなのですが、どう説明すればいいか……すみません。――ただ魔石は、非常時には、砕いても使えたはずですから」

「そっか」

僕でも使えるなら、いいんだ。

（でも、魔力のコントロールは、早く覚えた方が良さそうだ）

冒険者印も、グルグルでしか出せないと恥ずかしいし。

イルティミナさんは、魔石をしまうと、また僕を見る。

「荷造りが終わったら、次は、心構えです」

「心構え？」

見返す僕の胸――心臓の上に、彼女の白い手のひらが押し当てられた。

「この先にあるのは、命がけの『戦場』です」

「…………」

「心に、迷いや揺らぎがあっては、いけません。それは即、『死』に繋がります」

重い言葉に、身体が冷える。

でも、彼女の触れた部分だけが、とても熱い。

「状況をシミュレートし、最悪の事態も考えなさい。そして、その対応も覚悟するのです。恐怖があってもいい、ですが、それに負けては駄目なのです。――そのための心を、ちゃんと作っておくのですよ？」

「……うん」

僕は、神妙な顔で頷いた。

イルティミナさんは、「よろしい」と微笑み、満足そうに頷いた。

白い手は、胸から離れて、僕の頭を優しく撫でる。

「まずは、最初の第1歩。焦らず、ゆっくり歩んでいきましょうね？」

「う、うん」

厳しく、優しい助言をくれる先輩冒険者のイルティミナさん。

なんとか、その気持ちに応えたい。

（うん、がんばらないと！）

ギュッ
小さな拳を握る。

そんな意気込む僕と優しく見守るイルティミナさんを乗せて、馬車は、草原の街道を走っていき、２時間はあっという間に過ぎていく。

――そして僕らは、目的地のクレント村へと到着した。

◇◇◇◇◇◇◇

クレント村は、草原にある小さな農村だった。

クロート山脈の中腹にあった村とは違って、平野に田畑が広がっている。でも、規模は同じぐらい。

村の中央には、小川が流れ、それは畑の向こうの雑木林へと続いている。雑木林の向こうには、山々が現れ、どうやら王都周辺の草原の丘陵地帯は、ここが境となるようだった。

振り返れば、遥か遠方に、キラキラした王都ムーリアの城壁が見えている。

（……あれ？）

馬車を降りた僕は、すぐに気づいた。

田畑の一部が、酷く荒れていた。

土が掘り返され、木で作られた簡素な柵の一部が壊れている。

イルティミナさんは、ここまで運んでくれた御者さんに、リド硬貨を渡していた。多めに渡しているのは、帰りの時間まで、ここで待っていてもらうためらしい。

その支払いを待ってから、声をかけた。

「イルティミナさん、あの畑、ずいぶん荒れてない？」

「おや、どこですか？」

「あそこ」

小さな指で示すと、彼女は頷いた。

「小人鬼の仕業ですね。恐らく、作物を奪っていったのでしょう」

そうなんだ。

（悪いことするなぁ）

僕らは、そんな悪い魔物を退治するために来た。

でも、

（……殺せるのかな、僕？）

すでに、魔物を殺したこともある。

同じ人間を、殺そうとしたことだって、ある。

でも、どっちも無我夢中だった。

今は冷静で、だからこそ、『命を奪う』という行為が怖かった。

それが、たとえ魔物でも。

だって、僕は『生きていたい』と思ってる。きっと魔物だって、そうだろう。

共存とか、できないのかな？

イルティミナさんに、『迷いや揺らぎは、あってはいけない』と言われたばかりなのに、僕は、まだ揺れている。

これじゃ、いけない。

（しっかり、覚悟を決めなきゃ）

そう自分に言い聞かせ、大きく深呼吸した。

イルティミナさんの話によると、依頼人は、クレント村の人ではなく、この一帯の管理者である『シュムリア王国』なのだそうだ。ゴブリンを目撃したのが、クレント村の人たちで、その報告で、王国からギルドに依頼があったらしい。

「この地方には、よくゴブリンが現れるんです」

と、イルティミナさん。

だけど、繁殖力の強いゴブリンは、何度、討伐しても根絶させるのが難しくて、定期的に、こういう依頼があるそうだ。

今回も、『ゴブリン20体』の討伐だ。

全滅させろ、ではない。

とりあえず、『20体は駆除してね？』という依頼なのだ。

（なんか、ゴキブリみたい……）

そんな感想を覚える僕である。

さて、依頼人ではないけれど、ゴブリンの居場所を特定するために、目撃情報を詳しく聞こうと、僕らはクレント村に入っていく。

村人たちの表情は、ちょっと暗い。

しかも、なんだか黒い服を着ている人が多い気がする。

目についた男の人に、イルティミナさんが声をかけた。

「すみません、少しよろしいですか？」

「ん？　なんだい、アンタら？」

「私は、王都の冒険者ギルド『月光の風』の魔狩人イルティミナ・ウォンと申します。こちらは――」

イルティミナさんの白い手が、僕を示す。

あ。

「お、同じく『月光の風』の冒険者、マールです」

初めての名乗りだった。

ちょっと緊張した。

でも、誇らしさもあった。

イルティミナさんは頷いて、男の人に向き直る。

「ゴブリン討伐の依頼を受けて、やって来ました。少し話を聞きたいのですが、村長の住まいは、どちらでしょうか？」

「……アンタらが？」

女と子供ということで、怪訝な顔をされた。

でも、彼女の表情は、揺るがない。

男の人は、短く息を吐いて、道の先を指差した。

「このまま進んだ先にある、村で一番大きな家がそうだ」

「どうも」

「ありがとうございます」

会釈するイルティミナさんに倣い、僕も、ペコッと頭を下げた。

去り際に、男の人は、

「……頼むぞ」

と、すがるように言った。

道を歩いていくと、村長の家は、すぐに見つかった。

村長さんは、70代ぐらいの白ひげの老人だった。

もう一度、名乗ると、村長さんは、すぐに詳しい話を教えてくれた。
最初に目撃されたのは、1月ほど前で、畑を荒らす2～3匹。
村の男衆のおかげで、すぐに追い払えた。
次は、その2週間後ぐらいに、雑木林の中に10匹ほどの集団が目撃された。
依頼は、ここで出された。
それからも畑が荒らされ、作物が奪われる。数も増して、20匹以上が目撃される。
そして先週、ついに、畑近くの民家が襲われ、犠牲者が出た。
(……え?)
犠牲になったのは、若い夫婦と子供たち。
まだ、5歳と9歳と幼い姉妹も、ゴブリンに殺されてしまった。
村長さんは、口元を手で押さえ、涙を堪えていた。
(そうか……黒い服の人が多かったのは、それで……)
話を聞き終えた僕らは、お礼を言って、村長さんの家をあとにした。
そのまま、クレント村を出る。
「ゴブリンの住処は、やはり雑木林でしょうね」
「……うん」
イルティミナさんの顔は、いつもと変わらない落ち着いたものだった。
僕は、聞く。

「ゴブリンって、人を襲うんだ？」

「はい、魔物ですから」

魔物……。

「良くも悪くも、それなりに知能もあります。食うためでなく、快楽で人を襲うこともありますし、捕まった女は犯されることもあります」

「…………」

「決して、人と相容れぬ、魔の生物……それが魔物です」

彼女は、静かな声で続けた。

「そして、それを狩るのが、私たち『魔狩人』なのですよ」

僕は、青い空を見上げる。

――心の中にあった、魔物を殺すことへのためらいは消えていた。

怖いけど。

でも、やらなきゃいけないことなんだって、思った。

（……僕は、もう冒険者なんだ）

クレント村を振り返った。

人も魔物も、同じ命だ。

でも、僕の小さな手では、全てを守ることはできないし、それは傲慢だった。

この手が届く人しか、守れない。

僕は、『人の命』を選ぶんだ。

その覚悟を込めて、腰に装備した片刃(かたは)の短剣(たんけん)――『マールの牙(きば)』の柄(つか)を、一度、強く握る。

イルティミナさんは、何も言わず、そんな僕を見つめていた。

「ごめん。――行こう、イルティミナさん」

「はい」

歩きだした僕の背に、彼女は、優しく触れる。

その手に心を支えられながら、足を進める。

そうして僕らは、小人鬼(ゴブリン)たちの巣食う、クレント村近くの雑木林の奥(おく)へと入っていった――。

第六章 「今の僕」

雑木林の中を、歩いていく。
(ちょっと懐かしいな……)
アルドリア大森林で、イルティミナさんと2人きりだった時間を思い出す。
木々の隙間から落ちる木漏れ日。
青い植物の匂い。
サワサワとした葉擦れの音。
あの森の世界と、とてもよく似ている場所だった。
でも、ここは戦場だ。
僕はもう、ただの子供ではなく、1人の冒険者として、ここに立っている。
小人鬼たちを殺すために、いるんだ。
(気を引き締めろ、マール)
心の中で、自分に警告する。
先を歩くイルティミナさんのあとを追いかけながら、周囲を警戒する。
自分たち以外に、動く姿はまだ見かけてない。

（ん……？）

水の匂いだ。

「どうしました、マール？」

鼻をヒクヒクさせる僕に、イルティミナさんが気づく。

「近くに、水場があるみたい」

「ほう？」

「多分、あっち」

そちらに向かう。

やがて、サラサラと水の流れる音が聞こえてくる。

川だ。

それほど大きくない。

イルティミナさんは、下流の方向を見た。

僕は聞く。

「これ、クレント村に流れてた小川かな？」

「でしょうね」

彼女の真紅の瞳は、上流へ。

「このまま、上流へ向かいましょう」

「うん」

「ちなみに、マール。どうしてか、わかりますか？」

え？

突然のクイズだ。

彼女に見つめられた僕は、必死に考える。

「えっと……魔物も生き物だから、水は必要で、その痕跡があるかもしれないから？」

「正解です」

イルティミナさん、とても感心した顔だ。

（やった）

よかった、正解して。

彼女は笑い、僕の頭を撫でる。

「マールは、私が思った以上に優秀なのですね。さすがに驚きました」

「あ、ありがと」

「フフッ……では、行きましょう」

僕らは、川沿いに歩きだす。

水辺の土は柔らかく、足跡が残りやすい。岩場ならば、不自然な濡れた跡がないか、また近くの草木の枝が折れていないか、そういうのを探すのだと、先輩冒険者のイルティミナさんは教えてくれる。

「ゴブリンは、知能があるので、同じ水場を利用することも多いです。そうすると、川から延びる獣道ができます」

「ふんふん？」

「それが見つかれば、ゴブリンたちの巣へと辿り着くのも容易いのですが——」

不意に、イルティミナさんが言葉を切って、立ち止まった。

（わ？）

背中にぶつかりそうになった僕は、慌てて、足を踏ん張る。

その目の前で、彼女はしゃがんだ。

「マール」

「ん？」

白い指が、砂地の地面に触れている。

そこには、小さな凹みがあった。

「あ……これ、もしかして？」

「足跡です」

注意しなければわからない、小さな足跡だった。

それは、川から草木の茂る林の奥へと続いている。

イルティミナさんは、そちらへ向かった。僕も追いかける。

「獣道ですね」

本当にあった。

草木が折れ曲がった跡が、道のように、奥の方まで続いている。

（この先に、ゴブリンが……）

ゴクッ

唾を飲んだ。

イルティミナさんは、空を見る。

「ふむ……」

少し、美貌をしかめた。

「こちらは、風上ですね。近づけば、私たちの臭いに気づかれるかもしれません」

「えっと……風下に回り込む？」

数秒考えて、彼女は美しい髪を揺らしながら、頭を振った。

「いえ、このまま行きましょう」

「いいの？」

「奴らは、20以上の集団です。２人の人間に気づいても、巣を捨ててまで、逃げはしないでしょう。むしろ、人数を集めて、待ち構えてくれるはずです。林の中にバラバラにいられるのを探すよりは、よほどいい」

な、なるほど。

「でも、大丈夫かな？」

「たかが、ゴブリンですよ」

その声には、油断も過信もない。

単なる事実——それを告げているだけの表情だった。

（……頼もしいなぁ）

そして、凄腕の『銀印の魔狩人』は、立ち上がる。

「さぁ、ここからが本番です。マール、行きますよ？」

「はい」

僕は、覚悟を決めて、頷いた。

その顔を見て、イルティィミナさんは、満足そうに笑う。

——そして僕らは、魔物たちの待ち構える獣道の奥へと入っていった。

◇◇◇◇◇◇

15～20分ぐらい歩いた頃、妙な臭いがした。

（……何か腐ってる？）

そんな臭い。

イルティィミナさんと顔を見合わせ、草木を分けながら、ゆっくりと進んでいく。

そこは、空き地だった。

木々がなく、草の地面だけが広がっている。

その中央に、大きな角の生えた牡鹿が1頭、倒れていた。

（死んでる……）

全身に、かじられた跡があった。

内臓が引き出され、その臭いに誘われて、ハエが飛んでいる。

僕らは、鹿の死体に近づき、イルティミナさんがしゃがんで確認する。

「この歯型……間違いなく、ゴブリンの仕業ですね」

「じゃあ、ここが巣なの？」

怖気を我慢しながら、聞く。

イルティミナさんは、ゆっくりと立ち上がる。

「もしくは食事場でしょうね。死骸は、まだ温かい。きっと近くにいますので、気をつけ――」

ヒュッ
突然、イルティミナさんの手にある白い槍が、僕の頭上を一閃した。

（え？）

ガキンッ
驚くのと同時に、空中で火花が散った。

何かが弾け、そして地面に転がったのは、拳大の石だ。

ヒュッ　ヒュッ

（うわっ⁉）

草の陰から、木の上から、無数の石が飛んでくる。

「マール！」

イルティミナさんは僕を背中に庇い、白い槍が回転して、それらを次々と弾き返していく。

次の瞬間、草木を散らし、奴らが飛び出した。

『グギャア！』

『キキィ！』

『ギャア、ギャア！　グギギ！』

（小人鬼！）

身長は、子供の僕と同じぐらい。

赤褐色の肌は、シワやシミが多く、人の顔が潰れたような醜い顔をしている。でも、その身体や手には、殺した人たちから奪ったのか、血錆のついた鎧や剣、盾や太い木のこん棒などが装備されていた。

彼らは、ガンガンと剣で盾を打ち鳴らし、叫び声を上げながら近づいてくる。

鼓膜が痺れ、腹の底まで振動が伝わる。

（うわ、うわ、こんなにたくさん⁉）

20体以上のゴブリンが、僕らを完全に包囲する。

その集団による威圧感は、軽く絶望さえ感じさせるものだった。

「マール、呑まれてはいけません」

はっ。

前に立つイルティミナさんの静かな声に、僕は、我に返った。

銀印の魔狩人は、笑った。

「この小さな魔物たちが、赤牙竜より強く見えますか？」

「…………」

そうだ。

こんな奴ら、邪虎と同じじゃないか。

（ガドの恐ろしさは、こんなもんじゃなかった！）

「そうです。恐れる必要はありません。――さぁ、貴方も、己の牙を抜きなさい！」

うん！

僕は腰ベルトの後ろから、『マールの牙』を引き抜いた。

陽光に、ギラリと刀身が煌めく。

『ギャブ!?』

『グギギィ……』

ゴブリンたちが、警戒して、少し下がった。

（そうだ。向こうも、怖いんだ……負けるもんか！）

僕は、近くのゴブリンに斬りかかろうと、1歩前に出る——途端、横から別のゴブリンが飛びかかってきた。え？

（まずい⁉）

錆びた剣が、僕の脇腹に刺さると思った。

でも、その刃が届く寸前、
バキィン
回転する白い槍が、ソイツを弾き飛ばした。

（……あ）

弾かれたゴブリンは、空中を回転しながら、近くの木にベシャッとぶつかり、地面に落ちた。

紫の血が広がり、ピクピクと手足が痙攣する。

他のゴブリンたちは、呆気に取られた。

僕を守ったイルティミナさんが、いつもの口調で言う。

「マール、多数の敵との戦い方を指南します」

「え？」

「大事なのは、まず死角を作らないこと」

そういうと、彼女は、僕の背中側に、互いの背中を向け合うようにして立った。

「1人の時は、木や壁などを背にして戦いなさい。2人ならば、背中合わせです」

「う、うん」

『グギャア！』

叫んだ別のゴブリンが、僕に突っ込んでくる。

慌てて、僕は避けようとして、
ヒュボッ　バキュッ
その僕の耳をかすめて、白い槍が突き抜け、石突がゴブリンの顔面へと突き刺さった。

黄色い眼球を潰し、一気に脳まで貫く。

倒れるゴブリン。

呆然とする僕。

「ただし、背中合わせの場合は、敵の攻撃をかわしてはいけません。背後の味方が、襲われてしまいます。必ず、受ける、弾く、いなすをしてください」

「………」

「返事は？」

「は、はい！」

「よろしい。背中合わせの場合は、２人の距離が近すぎてもいけません。動きが制限されてしまいます。なので、敵が間に入れぬようにしつつ、少し距離を放しておきましょう」

イルティミナさんは、大股で１歩、前に出た。

ゴブリンたちは、恐れたように１歩、下がる。

『グッギャア！』

『ギャオ！』

意を決した勇敢な3体が、同時に、イルティィミナさんに襲いかかる。

『クギィ！』

「こういう場合は、一番、端の敵からです」

振り下ろされた棍棒を弾き、イルティィミナさんは、右に身体を揺らす。

そのまま、一番右側のゴブリンの足を、槍で払った。

『ギ？』

残った2体にぶつかり、3体まとめて、転倒する。

ドスッ　ドスッ　ドスッ
白い槍が、倒れたゴブリンたちの心臓を、順番に貫いた。

（…………）

イルティィミナさんは、ヒュンと槍を振るって、刃から魔物の血を落とす。

「1人ならば、なるべく動き回って、1対1の状況を作りましょう。狭い通路などがあれば、利用してください。障害物なども活用するのです」

「う、うん」

解説しながら、すでに5体のゴブリンを倒した。

――恐ろしいほどに強い。

数はまだ、ゴブリンたちの方が上回っている。

けれど、今の戦いを見て、彼らの戦意が崩れていくのを感じる。

「では、実践です。マール、やってみなさい」

ポンッ

（え？）

背中が押された。

僕は、前にたたらを踏んで、顔を上げた目の前に、同じように驚いているゴブリンの顔があった。

（う、わぁあ⁉）

反射的に、『マールの牙』を振るう。

向こうは、慌てて盾を構えた。

ガギィン

火花が散る。

衝撃で、手が痺れた。

盾で受けたゴブリンも、反動で地面にひっくり返っている。

『グギャア！』

左にいたゴブリンが、錆びた短剣を振り被って、怒ったように襲いかかってくる。

よけるのは、間に合わない。

（そうだ、左なら！）

左腕で振り払う。

ギャリィイン

『白銀の手甲』が火花を散らして、ゴブリンの短剣を弾く。いや、それどころか、弾いた衝撃で、錆びた短剣は根元から折れていた。

驚くゴブリンの首に、僕は『マールの牙』を刺す。

ドシュッ

刺さった。

すぐに抜く。紫の血が噴き出し、ゴブリンは慌てて首を押さえ、けれど、そのまま仰向けに倒れて動かなくなった。

（こ、殺した）

興奮しているのに、心が冷える。

――僕は、ゴブリンを殺したんだ。

「マール、動きなさい！」

「！」

イルティミナさんの警告で、慌てて下がる。

ブォン

すぐ目の前に、別のゴブリンの錆びた斧が振り下ろされた。地面に刺さり、土が弾け飛ぶ。

危ない。

イルティミナさんの声がなければ、やられていた。

（1対1……死角は作らない！）

タタタッ
僕は、近くの木を背にする。

さぁ、来い！

と思ったのに、ゴブリンたちは、遠巻きにして石を投げてくる。ちょっと⁉

ガン　カンッ
『白銀の手甲』で弾く。

その持ち上げた左腕で作ってしまった死角から、ゴブリンが飛びかかってくる。

「うわっ⁉」

ドカッ
飛び蹴り（げ）を食（く）らって、僕は、仰向けにひっくり返った。

馬乗りになったゴブリンが、醜い笑いを浮（う）かべながら、持っていた錆びた剣を逆手にして、突き刺そうとする。慌てて首を捻（ひね）る。

ドスッ
地面に剣が刺さった。

もう一度、剣を振り上げたゴブリンの首に、白い閃光（せんこう）が走った。

その醜い頭が、コロンと落ちる。

その向こうに、白い槍を振り抜いた体勢の彼女が立っていた。

「大丈夫ですか、マール？」

「う、うん」

ゴブリンの死体を、蹴ってどかすイルティミナさん。

彼女の白い手に掴まれて、僕の身体は、簡単に引き起こされる。

「今日は、ここまでにしましょう」

「え？」

「マールは、よくがんばりました。1体、倒せましたものね。――あとは、私に任せてください」

優しく笑うイルティミナさん。

その手にある白い槍が高く掲げられる。

カシャカシャン

美しい翼飾りが大きく開き、中央にある魔法石は、紅い輝きを増した。

彼女の真紅の瞳も、同じように光っている。

美しい声が、魔法の言葉を紡ぐ。

「――羽幻身・白の舞」

バササッ

魔法石から、たくさんの光の羽根が溢れだす。

それが集束すると3人の美しい『光の女』たちが生まれ、地上に降り立った。

イルティミナさんによく似た、槍を持った美しいシルエットの『光の女』たち——彼女たちは、ゆっくりとゴブリンの群れに歩いていく。

『グギャ？』

『ギャギャャオオ！』

ゴブリンたちは戸惑い、すぐに襲い掛かる。

ヒュボッ
3人の光の女が、槍を一閃した。

ゴブリンの身体が、その光の線に合わせて、ずれた。

ずれた身体は、地面に落ちる。

残された身体からは、紫の血が噴き出した。

『ギギャ⁉』

『ギヒ……ギィヒィイ！』

生き残ったゴブリンたちは、悲鳴をあげて、逃亡を始める。

でも、光の女たちは、素早く追いかけて、ゴブリンたちを次々に殺戮し始める。

ザシュッ　ズバッ　ボヒュッ　ザキュン
紫の血が、世界に荒れ狂う。

「…………」

――10数秒だった。

たったそれだけの時間で、その場にいた15体以上のゴブリンは、全滅した。

静寂が落ちる空き地の中は、鉄のような血の臭いに満ちている。

3人の光の女たちは、役目を終えると、光の羽根になってキラキラと舞いながら、空に消えていった。その輝きに照らされながら、銀印の魔狩人は、美しく笑っている。

「まぁ、こんなものでしょう」

「………」

「いかがでしたか、マール？　初めての討伐クエストの感想は？」

感想って……。

僕は、泣きそうになりながら、答えた。

「……何も、できなかった」

「はい」

イルティミナさんは、頷いた。

「無力な自分を知ったなら、それでいいのです。知らずに、無謀に挑んで死んでしまった冒険者を、私は何人も知っています。だからマール、貴方は、これから足りないものを、しっかりと手にしていきましょうね？」

「……うん」

白い手のひらが、僕の頭を撫でる。

「大丈夫。――貴方は、強くなりますよ、マール」

雑木林に風が吹（ふ）く。

僕は、唇（くちびる）を噛（か）みしめて、青い空を見上げた。

ファンタジー世界の王道、ゴブリン退治。

もっと、できると思ってた。

でも現実は違（ちが）った。

ゴブリンたちは、とても強くて、僕は、とても弱かった。

（……うん、これが『今の僕』なんだね？）

それを受け入れ、大きく息を吐（は）く。

こうして、僕の冒険者としての初仕事は、ほろ苦い味で終わったんだ――。

第七章 「帰還の先に」

『討伐の証』は、ゴブリンの耳だという。

イルティミナさんは、僕から『マールの牙』を借りて、林の中に倒れるゴブリンたちの耳を、慣れた手つきで斬っていく。

（…………）

僕は、その光景をしばらく眺め、

「あの……イルティミナさん？」

「はい？」

彼女は顔を上げる。

僕は、言った。

「……僕が倒したゴブリンの耳だけは、僕が斬ってもいい？」

真紅の瞳が、驚いたように僕を見る。

僕は、無言で見つめ返す。

「わかりました」

小さく頷いて、イルティミナさんは『マールの牙』を差し出してくる。

それを受け取って、僕は、僕が倒したゴブリンに近づいた。

うつ伏せに倒れたゴブリン。

その表情は、恐怖に染まっていて、僕が刺した首の傷からは、紫の血がこぼれている。

(……ごめん、なんて言わないよ?)

心の中で告げ、彼の耳を掴む。

まだ……温かかった。

息を止めて、短剣の刃を当てると、耳の肉は、簡単に斬れていく。

サククッ
取れた。

耳の切断面から、ポタポタと紫の血が垂れる。

「お疲れ様でした、マール」

「うん」

イルティミナさんに、『マールの牙』を返す。

銀印の魔狩人は、また他のゴブリンの耳を斬り始め、その間、僕は、僕の手にある耳をしばらく見つめる。

——これは、僕が奪った命の証だ。

いつかは、その行為にも慣れるのかもしれない。

でも、それは今じゃない。

僕は、他のゴブリンの耳とは別に、これだけを防水布に包み、自分のポケットにしまう。

やがて、20枚の耳が集まった。

「さぁ、帰りましょう、マール」

「うん」

そうして僕らは、血の臭いとゴブリンの死体に満ち溢れた雑木林を、あとにした――。

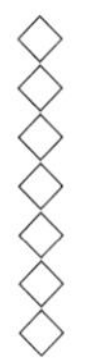

「――ありがとうございました」

クレント村の村長さんや、村人たちに見送られて、僕らの馬車は出発する。

報告の義務はないけれど、ゴブリンの討伐は、クレント村の人たちにも伝えておいた。

すると彼らは、とても喜んでくれた。

泣いてしまう人もいた。

『――これで、死んだ者たちも安らかに眠(ねむ)れる』

そう言って、村長さんも、村の人たちも、僕らに何度も頭を下げてきた。

(……このクエスト、受けてよかったな)

初めて、心の底からそう思った。

これが『魔狩人の仕事』なんだと、そう実感した。

そうして、クレント村を出た馬車は、街道を走っていく。

緊張が解けたのか、急な眠気が襲ってきた。

「あら？　大丈夫ですか？」

「……うん」

頷くけれど、力が抜けて、彼女の肩に寄りかかってしまった。

彼女は驚き、そして、笑う。

「フフッ、いいですよ」

「……ごめんね、イルティミナさん」

彼女の白い手によって、僕の頭は、柔らかな太ももの上に落とされて、優しく髪を撫でられる。

（……膝枕って、初めてかも？）

そんなことを考えながら、僕は、そのまま眠ってしまった。

――なんだか、悲しい夢を見た気がする。

でも、目が覚めたら、その内容は忘れていた。

そして僕らの乗る馬車は、王都の名物と言われる、あの門前の渋滞にはまっていた。

窓の外の空は、もう茜色だった。

「……帰るの、遅(おそ)くなりそう」

「ですね」

今回は、1時間ほどで王都ムーリアに入れた。

そこから、徒歩で冒険者ギルド『月光の風』へと向かった。

塔(とう)みたいな白亜(はくあ)の建物に到着(とうちゃく)すると、

「おかえりなさい、イルナさん、マール君！」

赤毛の獣人(じゅうじん)であるギルド職員、クオリナさんの満面の笑顔(えがお)に出迎(でむか)えられた。

なんだか、心が温かくなった。

僕も、笑う。

「ただいま、クオリナさん」

「ただいま帰りました」

「うん！　2人とも、無事でよかったよ」

そうして、年上のお姉さんたちは、すぐにクエストの報告と手続きを、慣れた様子で開始する。

書類を記入しながら、

「なんと、マールもゴブリン1体を仕留めました」

「本当に!?」

クオリナさんは、驚いたように僕を見る。

「初めてのクエストで、しかも子供なのに……マール君、凄いんだねぇ？」

「フフフッ」

なぜか、イルティミナさんの方が誇らしげに笑っている。

でも、

（あれは、たまたま、だよ。僕は、何もできなかった）

だけど2人の喜ぶ姿に水を差したくもなくて、僕は、ただ困ったように笑い返すことしかできなかった。

やがて、書類を書き終える。

それが終わったら、僕らは、奥の鑑定カウンターで、ゴブリンの耳20枚を提出した。

もちろん、僕の持っていた耳も。

鑑定士のおじさんたちは、魔法の針を刺して、それが本物かを確認していた。

本物だと証明書をもらったら、クオリナさんのところに戻る。

また書類を書いて証明書を提出すると、最後にクオリナさんから、2枚の赤いカードが、イルティミナさんに渡された。

――報酬引換券だ。

彼女は、その1枚を僕に向け、

「はい、マール。クリア報酬の半分、500リド。――これが貴方の分の報酬ですよ？」

「……いいの？」

何もしてない僕も、もらって。

「もちろんです」

彼女は笑って、その白い指が、僕の手に赤いカードを握らせる。

「マールもできる範囲で、しっかりとがんばりました。そこに、出来不出来は関係ありません。さぁ、冒険者としての対価を、きちんと受け取ってください」

「…………」

僕は、手の中の赤いカードを見つめる。

(これが、僕の冒険者としての初報酬……)

ギュッ
「ありがとう、イルティィミナさん。これ、換金しないで、ずっと大事に取っておく」

「フフッ、はい」

カードを握りしめる僕の頭を、イルティィミナさんの白い手は、優しく撫でてくれた。

クオリナさんも、丸まった赤い尻尾を左右に揺らしながら、そんな僕らを見つめ、「初々しいなぁ、マール君」と翡翠色の瞳を細めて、微笑んでいる。

そうして、

「それじゃあね、マール君、イルナさん。今日は、お疲れ様！」

「ばいばい、クオリナさん」

「それでは、また」

大きく手を振るクオリナさんに見送られて、僕らはギルドをあとにした。

空はもう、紫色だ。

夜も近い。

そんな王都の道を、イルティィミナさんと一緒に歩いていく。

もうすぐ、家だ。

（ソルティス、待ってるかな？）

書き置きのメモに、冒険者登録をしてくることは書いてあった。

でも、初仕事もしてくるとは書いてない。

いや、家を出る時は、僕も思ってなかったけどね。

（きっと驚くだろうなぁ）

うん、あの少女に話すのが、ちょっと楽しみだ。

やがて、いつもの坂道を登って、イルティィミナさんたちの家が見えてくる。

窓から漏れた灯りが、この宵の世界を照らしている。

それを見た瞬間、

（あぁ……僕は、帰ってきたんだ）

そう思った。

あのゴブリンたちと命のやり取りをした戦場から、あの温かな光の灯る家へと帰ってきた。

そう強く実感した。

隣にいるイルティミナさんの表情も、どこか安心したような柔らかさがあった。

思わず、早足になってしまう。

僕は、イルティミナさんよりも先に歩いて、玄関のドアノブに手をかけた。

ガチャ
「ただいまー！」

元気に言う。

目の前には、家の玄関が広がり、その先には、明るい光を放つリビングがあった。

「あ、おかえりー」

ソルティスの声がして、ソファーに座っていた彼女は、幼い美貌をこちらに向けた。

でも、その奥のソファーに、もう１人の姿がある。

（……え？）

「遅かったの？　おかえりじゃ、マール」

穏やかに笑う銀髪の美女。

その予想外の笑顔に、僕は、目が点だ。

ソルティスと彼女の前のテーブルには、紅茶のカップが置かれている。

どうやら、談笑していたらしい。

追いついた僕の横から、イルティミナさんも同じ姿を見つけて、驚いた顔をする。

「キルト？　どうして、ここに？」

「うむ。野暮用でな、ちと邪魔をしているぞ」

金印の魔狩人は、そのカップを持ち上げて、優雅に一口、僕らの驚く顔を肴にして、その甘い味を楽しんだ――。

帰ってきたばかりで疲れているだろうに、イルティミナさんは、僕らのために夕食を作ってくれた。

「すまんな、わらわまで」

「構いませんよ。食材は、昨日、たくさん買ってありますから、問題ありません」

そうして、リビングのテーブルに料理が並ぶ。

(わ、ビーフシチューだ！)

甘く香ばしい匂いが、僕の胃袋をくすぐって、誘惑してくる。

それ以外にも、バターで炒めた茸ライスに、湯気を上げる魚介のパスタ、新鮮野菜のサラダボウル。デザートには、彩り豊かなフルーツの上にアイスのトッピングという組み合わせである。

ソルティスの眼鏡の奥にある瞳が、キラキラと輝いた。

「ちょっとちょっと、何よこれ⁉　今夜は、豪勢ね！」

「フフッ、今夜だけは特別です」

そう笑うイルティミナさんの真紅の瞳は、僕を向く。

気づいたキルトさんが、

「なるほどの」

と笑った。

彼女は、頬杖をつきながら僕を見て、

「ソルに聞いたぞ、マール？　そなた、ギルドへ冒険者登録をしに行ったそうじゃな？」

「う、うん」

「まったく……仕方のない奴じゃ」

と苦笑する。

（……怒らないの？）

僕は、キルトさんには、てっきり反対されると思ってた。

「したら、登録するのをやめたのか？」

「…………」

「で、あろ？　ならば、わらわは、そなたの決断を受け入れるしかあるまい。この頑固者が」

クシャクシャ
乱暴に、頭を撫でられる。わわっ？

僕らのじゃれ合いに、イルティミナさんは笑う。

そして、食いしん坊少女のソルティスは、両手に持ったフォークとナイフで、カンカンとお皿を叩いた。

「もー、ボロ雑巾の話はいいから！　早く食べよ⁉」

あ、うん。そうだね。

料理が冷めたら、もったいないもん。

「では、いただきましょうか？」

「うん」

「いただこう」

「いっただっきま～す♪」

そして、僕らは料理を口に運ぶ。

（お、美味しい～！）

ビーフシチューの肉は、よく煮込まれていて、簡単に歯で噛み切れる。まるで口に入れた瞬間に、溶けていくようだ。

もちろん、味も抜群だ。

キルトさんもソルティスも、夢中で、美味しい料理を食べていた。

イルティミナさんは、満足そうにその光景を眺め、そうして、少し間を空けてから、自分たちのパーティーリーダーに声をかけた。

「それで、キルト？　貴方は、なぜここへ？」

「む？」

キルトさん、食事の手を止め、イルティィミナさんを見返す。

口元のソースを親指でぬぐい、それを舐めてから、

「うむ。実は、ギルドからの命令書を届けにの」

「命令書？」

キョトンとなる僕とイルティィミナさん。

と、ソルティスが料理で頬を膨らませたまま、ちょっと不満そうに話の続きを請け負った。

「私宛てよ。『マールに、タナトス魔法文字について教えろ』ってさ。しかも、ギルド長のサイン入りでよ？」

「まぁ、ムンパ様の？」

イルティィミナさんは、とても驚いている。

(そっか。ムンパさん、約束を守ってくれたんだ)

綺麗な白い獣人さんが、こちらに向かってVサインをしているイメージが、なぜか頭の中に浮かんでくる。

僕は笑って、少女に言う。

「よろしくね、ソルティス」

「へいへい」

彼女は、おざなりに返事をする。

でも、この子は、根っこの部分は、とても優しいから、ちゃんと教えてくれるんだろうな。

と、ソルティスはふと思い出したように、

「そうそう、ギルドっていえば、２人とも、ギルドから帰るの、ずいぶん遅かったわね？　登録って、そんなに時間かかったっけ？」

「え？　あぁ、違うよ」

僕は、左右に手を振る。

そして、もったいぶったように笑って、教えてあげた。

「実はね、登録したあと、そのままクエストに行ったんだ」

「……へ？」

「…………」

ソルティスはポカンと口を開け、キルトさんの身体は、なぜか斜めに傾いた。

僕は、イルティミナさんを見る。

彼女もこちらを見て、楽しそうに笑った。

「はい。ゴブリン20体の討伐クエストです。なんとマールも、１体、倒したのですよ？」

「いや、あれは、たまたまだよ」

僕は、首を振る。

「残りはみんな、イルティミナさんがやっつけたんだ。それにイルティミナさんがいなかったら、僕、死んでたもん。やっぱり、イルティィミナさんは強くて、格好いいよね？」

「まぁ、マールったら」

僕らは、笑い合う。

ソルティスは、スプーンを咥えたまま、そんな僕らを眺め、それから、ゆっくりとキルトさんに視線を向ける。

キルトさんは頭痛がするのか、目を閉じて、こめかみを揉んでいた。

「……そなたら、今の話はまことか？」

ん？

キルトさんは、胡乱げに言う。

「登録したあとに、討伐クエストに行ったのか？　そのまま？　その足でか？」

「うん」

「そうですが？」

今、僕ら、そう言ったよね？

大きく息を吐いて、キルトさんは、不思議がる僕らを睨むように見つめる。

視界の隅で、ソルティスが、なぜか両手で耳を塞いだ。

そして、金印の魔狩人は、息を吸い、

「この大馬鹿者がぁあああっっっ!!!」

雷鳴のような怒声を、この家中に激しく轟かせた――。

僕とイルティミナさんは、なぜか、リビングの床に正座させられた。

正面にはキルトさん。

……とっても怖い顔で、仁王立ちしています。

ソルティスは、1人でモグモグと食事を続行しながら、こちらを見物している。ひ、他人事だと思って……。

そして、怒れる鬼姫様が、口を開いた。

「イルナ、そなた、何を考えておる？」

「何、とは？」

「マールは、何の訓練も受けておらぬ、ただの子供ぞ？　それを、いきなり討伐クエストに連れ出すなど……こやつを殺す気か？」

イルティミナさんは、心外そうだ。

「私が殺させませんよ」

「ふん、口ではなんとでも言える。しかし、事故はある」

冷たい視線と声。

それが、今度は、こちらに向いた。

「マールもじゃ。そなたは、『断る』ということを知れ」

「で、でも」

「子供のそなたから見たら、我らは大人であろう。しかし、大人も間違えるのじゃ。もそっと、自分で考えることをしろ」

…………。

まぁ、勢いに負けた部分はあったけど。

(でも、僕はイルティミナさんを信じてるもん)

だから、もし間違っていても、それで後悔なんてしないと思うんだ。

だけど、キルトさんの視線は揺るがない。

「万が一にも、そなたが死ねば、イルナは一生、立ち直れんぞ?」

「……う」

「キルト。マールを責めるのは、やめてください」

見かねたイルティミナさんが、口を挟む。

「そもそも、私は間違っていると思っていません。冒険者になった当時の私も、そうやって実戦をこなし、強くなったのです」

「そうか。運が良かったの、イルナ」

キルトさんは、辛辣だ。

「しかし、普通は死ぬ。ましてマールは、『魔血の民』ではない。そなたと一緒にするな」

「…………」

「全く……こんなことなら、ムンパに『命の輝石』を渡すのではなかったわ」

「……え？」

イルティミナさんは、驚いたように僕を見る。

「マール？　まさか『命の輝石』を持っていないのですか？」

「あ、うん」

僕は頷く。

「一昨日、ムンパさんにあげちゃった」

「…………」

「ち、ちょっとマジなの、ボロ雑巾!?　……私、研究したかったのに！」

ソルティスが、食事の手を止めて、叫ぶ。

「アンタね……。ムンパ様に渡す前に、1日ぐらい、私に預けなさいよ……」

「ご、ごめん」

あまりに落胆した様子に、つい謝ってしまった。

（そういえばメディスで、調べたいようなこと、言ってたよね？）

すっかり忘れていた。

そして、イルティイミナさんも、その美貌を少し青ざめさせていた。

「そうですか……いえ、もちろん、マールを死なせる気はありませんでしたが。……しかし、そうですか」

「…………」

きっと、もしもの保険として、考えていたんだと思う。

（知ってたら、もっと違う、安全なやり方で教えてくれてたのかな？）

僕も考えてしまう。

そんな僕らを見て、キルトさんは、深く嘆息した。

「そなたらは、思慮が足りなさすぎる」

「…………」

でも、僕は思う。

（確かに危険で、大変だったけど……でも今日は、勉強になったよね？）

多くのことを学べたのは、事実だ。

だから僕は、はっきりと言った。

「でも僕は、また明日も討伐クエストを受けてみたい」

「何？」

「マール？」

２人の年上の冒険者たちは、驚いた顔だ。

「そなた、何を言っているのか、わかっているのか？　本当に死ぬぞ？」

「危険なのは、わかるよ。……でも、僕は強くなりたいんだ！　1日でも早く！」

焦ったように言う。

心の中で、何かが訴えている。

(6人の光の子らは、もういない。僕はもう、1人きりだ)

だから、その分も強くならないといけない。

少しでも、早く。

——じゃないと、間に合わなくなるかもしれない。

マールの右手を、僕は見つめ、そして握る。

「また、その目か……」

キルトさんが、難しい顔で唸る。

「その目？」

「誰に何を言われようと、決して退かぬ、1人でも進もうという目じゃ」

うん、そうかも。

隣に正座しているイルティミナさんが、その白い手を、僕の手に重ねた。

「私も、マールを手伝います」

「イルティミナさん……」

「フフッ、明日も一緒に、クエストに参りましょうね？」

彼女は、優しく笑った。

ソルティスが食事の手を止めて、キルトさんに慰(なぐさ)めるように言った。

「キルト……諦(あきら)めって、大事だと思うの」

「言うな」

キルトさんは、苦虫を噛んだ顔だ。

「年長者として、２人が死地に赴(おもむ)くのを、許すわけにはいかぬ」

いいよ。

許されなくても、勝手に行くから。

そんな僕の表情を見て、

「ええい、頑固者めっ」

ガシガシ

彼女は悪態をこぼし、美しい銀髪を、乱暴に手でかき乱す。

そして、顔を上げ、

「あいわかった、マール。ならば提案じゃ。――そなた、しばしクエストに行くのは止めよ。
代わりに、このキルトが、明日から剣(けん)の稽古(けいこ)をつけてやる」

「え？」

「この鬼姫(おにひめ)キルトの剣じゃ。クエストよりも、よほど学べるぞ」

……本当に？

僕は、確かめるようにイルティミナさんを見る。

彼女は、綺麗な髪を揺らして、大きく頷いた。

「確かに、『剣を学ぶ』だけならば、そうかもしれません。腐っても、キルトは、金印の魔狩人ですからね」

「腐っておらぬわ！」

キルトさん、思わず突っ込む。

僕とイルティミナさんは、一緒になって、つい笑ってしまった。

ソルティスは、肩を竦めて、「やっぱ、諦めたわ」と苦笑い。

そして僕は、青い瞳で、キルトさんを見つめる。

「本当に本当だね、キルトさん？　約束だよ？」

「……わかっておる。このキルト・アマンデスに二言はない。約束じゃ」

やったー！

僕は、バンザイして喜んだ。

イルティミナさんも「よかったですね」と笑っている。

そしてキルトさんは、ソファーへと重そうに座り込み、

「やれやれ……これで、わらわの貴重な休みも、なしになったか」

天井に向かって、ため息と共に、哀しげな呟きをこぼしたのだった――。

第八章 「ソルティスとお勉強」

「今夜は、これで帰る。木剣（ぼっけん）などを準備して、また明日、来るからの」

そう言って、キルトさんは帰っていった。

（明日かぁ）

すぐにでも始めたかったから、ちょっと残念。

でも、今日は疲れてた。

ギルドで冒険者登録をして、クレント村へ行き、ゴブリン討伐をして、そこから何時間もかけて帰ってきた。

（さすがに子供の体力じゃ、限界かな？）

思った通り、その日は、布団（ふとん）に横になった瞬間（しゅんかん）に眠っていた。

朝まで、目が覚めなかった。

――翌朝、朝食の席で、ソルティスが言った。

「これ食べ終わったら、私の部屋に来て」

「……へ？」

ポカンとする僕とイルティミナさん。

眼鏡少女は、ため息交じりに、

「タナトスの魔法文字について、知りたいんでしょ？　キルトが来るまでに、少しやっときましょ」

「う、うん！」

おぉ、彼女がやる気になっている!?

僕は、勢い込んで頷く。

そして、お礼に朝食のパンを半分千切って、彼女にあげた。「これだけ？」と言いながらも、彼女はちょっと嬉しそうな顔をして、一瞬でムシャムシャと食べた。

ちょっと餌付けしてる気分……。

「後片付けは、私が1人でやっておきますよ」

朝食が終わると、イルティミナさんは笑って、そう言ってくれた。

（イルティミナさんって、本当に優しいなぁ）

感動しつつ、お言葉に甘える。

そうして、僕とソルティスは、さっそく彼女の部屋に向かった。

また新しい異世界の知識が学べるので、ちょっとワクワクした――。

相変わらず、本だらけのソルティスの部屋だ。

でも、初めて来た時と違って、床に崩れた本の山はなくなり、机の上も整理されている。そして、備えつけとは違う椅子が、もう1脚、用意されていた。

(もしかして、僕のために?)

ちょっと驚く。

「ほら、そこ座って」

「あ、うん」

眼鏡少女に促されて、僕は、その椅子に座った。

ソルティスも、自分の椅子に座る。

……なんだろう?

学校の誰もいない教室で、女の子と1つの机で勉強しているような、そんな妙な気分……。

緊張とドキドキが、一緒にある。

(いやいや、相手はソルティスだよ?)

ブンブン
頭を激しく左右に振った。

「……何やってんのよ?」

「気にしないで。勉強に集中するための準備運動だから」

「ふぅん？」

変な動きね、と呟いて、彼女は、机の上にノートを開いた。

（あ……タナトス文字だ）

ノートの見開き2ページには、左上に大きなタナトス文字が1文字だけ書かれ、それ以外は、注釈のような文章が物凄く小さな文字で、みっちりと書き連ねられている。……え、何これ？

33文字分、計66ページがそんな感じだ。

「私の研究ノートよ」

「………………」

「タナトスの魔法文字ってね、1文字に、凄く多くの意味が宿ってるの。このノートには、現状でわかっている意味と、それ以外の考察が書いてあるわ」

僕は、ソルティスを見る。

当たり前のように言っているけれど、これは全然、当たり前のことじゃない。

（もしかして、ソルティスって本当の天才少女？）

今更、気づく。

「そもそも、タナトス魔法文字っていうのは、古代タナトス魔法王朝時代に使われていた言語なの。そして、文字の形、発音で、大きな力を発揮する魔法的な装置にもなっているわ」

「魔法の装置？」

「そう。組み合わせ方によって、大きな魔法が使えるの」

僕は、今までにソルティスが使った魔法を思い出した。

巨大(きょだい)な人面樹(じんめんじゅ)。

7つの太陽みたいな光球。

水の大蛇(だいじゃ)。

他にも、回復魔法や光の鳥もあったね？

(あれが、タナトス魔法文字の力？)

そう聞くと、彼女は頷いた。

「そうよ。ちなみに、一部は私のオリジナル」

「オリジナル……」

うわ〜、本当に天才だ。

「でもね、『組み合わせ』って複雑なの。1つでも文字が違ったり、順番が違ったり、1文字、多いか少ないだけでも、魔法の効果はゼロになっちゃう。何も起きない、何にもなし」

「へ〜？」

「もっと言うと、発音のズレはもちろん、そのテンポがズレるだけでも駄目(だめ)よ」

なんだそれ？

かなり難しいじゃないか。……しかも僕は、音痴(おんち)だぞ？

ソルティスは、小さな指でノートを示す。

「しかも、文字の力の意味も、組み合わせ方でガラッと変わるの。火の力が水の力に、あるいは重力の力に変わったりするのよ。……一応、ここに全部書いてあるけどね」

「１文字、１００以上の意味がない？」

「あるわよ。多いのだと、３００ぐらい」

「……………」

覚えられる自信がない。

「ついでに言うと、現状、わかっている奴だけだからね。将来、また新しい力が解明される可能性は大きいんだから」

「…………」

僕は、遠い目になった。

「こんな1文字にたくさん意味があって、タナトス魔法文字の文章って、翻訳できるの？」

「素人には無理ね」

きっぱり言われた。

……そっか。

（ムンパさんに頼んで、大正解だった気がする）

最初、１人でも調べようとか思ってた自分は、とんでもない浅はかさだ……。

「辞典あるから、調べるなら貸そっか？」

「ん……一応、借りとく。ありがと」

ソルティスが見せた国語辞典みたいな奴を、受け取る。

せめて、アルドリア大森林の塔で、イルティミナさんが教えてくれた『ラー』、『ティッド』、『ムーダ』の3文字の意味ぐらいは調べておこう。

（それにしても、魔法かぁ）

「あのさ、ソルティス？」

「ん？」

「……僕にも、魔法って使える？」

思い切って、聞いてみた。

（だって、せっかくファンタジー世界にいるなら、やっぱり使ってみたいよね？）

多分、これは転生者の夢だ。

でも、現実は厳しい。

「無理じゃない？」

「………………」

「マールは、『魔血の民』じゃないから、全然、魔力なさそうだし」

そう言いながら、彼女は、白い手のひらを僕に向ける。

う？

なんか、風みたいなのを感じた。

「駄目ね」

「駄目なの？」

「うん、血の魔力が足りないわ。そうね、私の魔力が１００だとすると――」

そして教えてもらったのは、
ソルティス、１００。

イルティミナさん、90。

キルトさん、70。

魔血の民、50以上。

魔血の民じゃない魔法使い、20～30。

普通の人、１～10。

で、

「マールは、３ね」

「………………」

3。

普通の中でも、低い方だ。

「ほ、本当に無理？」

「まぁ、訓練で多少は増えるけど、10は無理でしょ」

「………………」

言葉もない僕に、ソルティスは言う。

「空気を吸って、血の中に酸素を取り込むように、空気の中の魔素を吸って、血の中に取り込んだのが、魔力。その許容量が、マールは少なすぎるわ。でも、これは生まれながらの『資質の問題』だからね」

「…………」

「魔法を使えば、血の中の魔力を一気に消費する。でも、血の中の酸素がなくなれば、人は酸欠で死ぬでしょ？　同じように、血の中の魔力が突然なくなれば、人は魔欠症で死ぬわ。死ななくても、脳にダメージが残るかも」

「…………」

「だから、マールに魔法は、おすすめしないわ」

……そっか。

(僕のファンタジー世界の野望は、潰えたのね……しくしく)

よほど落ち込んだ顔だったのか、ソルティスは、少し困った顔になる。

唇を尖らせて、

「……まぁ、微回復や光鳥ぐらいなら、できるかもだけど」

「本当!?」

ガバッ

顔を上げ、ソルティスに肉薄した。

ソルティスは驚き、「ち、近いわよ！」と僕を突き飛ばす。あ、ごめん。

彼女は、なぜか顔を真っ赤にして、コホンと咳払い。

「でも、1日1回だけよ？　それ以上は、本当に死ぬからね？」

「うん！」

1回でも使えるなら、嬉しいよ！

僕の笑顔に、眼鏡少女は、長くため息をこぼした。

「じゃあ、対応するタナトス魔法文字と発音、教えるから」

「あ、その前に」

僕は手を上げて、それを遮る。

ソルティスは、「何よ？」という顔でこちらを見る。

「そもそも魔力って、どうやって使うの？」

「…………」

うわ～。

呆れたあと、とても残念な子を見る目で見つめられてしまった。

「マール、強く生きて？　……死んじゃ駄目よ？」

「死なないよ!?」

思わず、突っ込んだ。

そして僕は、冒険者印を出すためには、グルグルしないといけないことも説明する。

実演もしてみた。

僕の手にある、赤い魔法の紋章（もんしょう）を見ながら、

「……初めて見たわ、そんな、だっさ〜いやり方」

「……うぐぅ」

悔（くや）しげな僕に、ソルティスは、なぜか満足そうに笑う。

でも、すぐに真面目な顔になって、

「っていうか、そもそもマールは、自分の魔力を感じたことがなさそうね？」

「……うん？」

確かにない、けど。

彼女は、紫色（むらさきいろ）の２つのおさげ髪を揺らしながら首を傾け、腕組（うでぐ）みしながら考える。

やがて、「しょうがないか」とため息をこぼして、

「ほら、マール」

彼女の小さな左手が、僕の右手を握（にぎ）った。

（え？）

「私が、アンタの魔力をコントロールしてあげるから、まず、その魔力の感覚を覚えて」

そして、反対の手も繋（つな）がれる。

眼鏡の奥（おく）の目が、ゆっくりと閉じていく。

「え？　あの、ソルティス？」

「ほら、呼吸を合わせて？」

「…………」

小さな、でもふっくらした唇が、息を吐く。

合わせて、幼い胸も上下する。

呼吸を合わせようと、僕も息を吸う。

（……ソルティスって、バニラみたいな甘い匂いがして、なんか美味しそうだね？）

触れ合う手のひらは、とても熱い。

「……ちょっと照れるね？」

「だぁぁ！　そういうこと、言うな～っ！」

怒られた。

ご、ごめん。

ソルティスは、赤くなった幼い美貌で、「真面目にやんなさいよ!?」と僕を睨む。

でも、その上目づかいも、可愛い。

（……美人なんだよなぁ、ソルティス）

悔しいけど。

だけど黙っていたら、深窓のご令嬢にもなれそうなぐらい、端正な顔だ。

「ほら、行くわよ？」

ご令嬢が言う。

その瞬間、僕の右手が、とても熱くなった。

（う……？）

　その熱は、身体の中を流れて、左手から抜(ぬ)けていく。

　まるでお湯だ。

　血管の中を、熱い湯が流れているようだった。それが僕とソルティスの間を、円を描(えが)くように動いてる。

「わかる？」

　ソルティスが、紅潮した頬で言う。

　僕は、頷いた。

「うん、凄(すご)く熱い」

「そ。それが、アンタの中にある魔力よ」

　これが……魔力。

「その流れる感覚と、熱さを忘れないで。その流れを、今度は、右手に集めるわ」

「う、うん」

　途端(とたん)に、お湯が右手に流れていき、熱い熱い。

　ボウッ

　冒険者印も、勝手に浮(う)かび、赤く輝(かがや)きだした。

「いい？　そのまま意識してて。私は、手を離(はな)すわよ？」

「わ、わかった」

そして、ソルティスの手が離れていく。

（あ……流れが揺らいでる？）

慌てて、僕は、消えそうな流れを意識する。

冒険者印の輝きは、少し弱くなった。でも、消えない。

「お？　やるじゃない、マール」

ソルティス、ちょっと感心した顔だ。

（でも、感覚が消えていく……雪が溶けるみたいだ）

30秒ぐらい粘ったけど、消えてしまった。

僕は、大きく息を吐く。

「……駄目だぁ」

「何、贅沢、言ってんの？　初めてなら、上出来よ」

ソルティスは、褒めてくれる。

（そ、そう？）

「これからは毎日、暇な時にでも、印を出す練習するのよ？　今の感覚を忘れないように」

「うん、わかった」

僕は頷き、

「1人で駄目だった時は、また手を繋いでもらえる？」

「………………。ま、いいけど」

やった。

「ありがと、ソルティス」

「ふん。お礼はいいから、さっさと覚えなさいよ？　そしたら次は、魔法の使い方を教えてあげるから」

「うん」

口は悪いけど、本当に優しい子である。

そして、そのあと、僕はソルティスの前で何回も練習して、何度も彼女と両手を繋ぐことになった。

「しょーがないわね！」

文句は言われたけど、あんまり彼女も嫌そうに感じなかったのは、気のせいかな？

やがて、10回に1回は成功するようになった頃、

コンコン

部屋の扉がノックされ、イルティミナさんが僕らを呼びに来た。

そして、廊下に向かう。

玄関には、片手を腰に当て、もう片方の手に2本の木剣を持った、銀髪をポニーテールにした美女が立っていた。

「待たせたの、マール。稽古に来てやったぞ？」

頼もしく笑う、キルトさん。

――そうして午後からは、僕の剣の稽古が始まった。

第九章　「キルトの稽古」

僕は、キルトさんと一緒に庭に出た。

先日、雑草を狩った芝生は、太陽の光に燦々と輝いている。

空は青くて、今日も暑そうだ。

その青空の下、銀髪のポニーテールをなびかせ、彼女は振り返る。

「では、始めるぞ、マール」

「はい、キルトさん！」

僕は、元気よく返事をする。

彼女は、満足そうに頷いて、僕らの稽古は始まった。

「まずは、準備体操じゃ」

ということで、手足の曲げ伸ばしを開始。

（キルトさん、身体、柔らかいなぁ）

膝を伸ばして立ったまま、手のひらが全て、ペタンと地面に着く。

開脚も、１８０度を超える。

「そなたも、柔軟はしっかりやっておけ。毎日、続けよ？　それが怪我の予防にもなる」

「は、はいぃぃぃ」

ギギギィ
一方の僕は、油の切れたロボットみたいだ。

キルトさんは苦笑しながら、前屈する僕の背中を押してくれる。

「がんばって、マール」

「ボロボロにされるのよ、ボロ雑巾～♪」

テラスの椅子に座っている姉妹から、声援が飛ぶ。

（いや、まだ準備体操だから……）

苦笑する僕。

でも、見られていると恥ずかしいやら、緊張するやら、準備体操の動きもぎこちなくなる。

と、気づいたキルトさん、２人を振り返った。

「そなたらは、黙っていろ。マールの稽古の邪魔をしてはならぬ」

「……す、すみません」

「う……わ、悪かったわよ」

慌てて謝る２人。

ちょっと驚いた。

キルトさん、本当に僕のこと、真剣に考えてくれてるんだ。

それが嬉しかった。

（それに応えれるように、がんばらないと！）

やる気が高まる。

美しい師匠は、そんな僕の様子をしっかりと見つめて、「うむうむ」と頷いていた。

汗をかくほど身体を動かして、準備体操は終わった。

キルトさんは、ようやく2本の木剣を手にした。

その1本を、僕に差し出す。

「持て」

「はい……わっ⁉」

重い！

木製のはずなのに、その木剣は思った以上に重かった。これ、2～3キロはあるよね？

「芯に、鉛が入っておる。金属の剣と同じ重さじゃ。まずは、これに慣れよ」

「は、はい」

つまり、実戦の剣と同じなんだ。

（でも……これを振って、戦うの？）

正直、想像がつかない。

戦える気がしない。

その表情を見て、キルトさんは苦笑する。

「最初から、何でもできると思うな。まずは1歩ずつじゃ」

「あ、はい」

そうだ。

できないから、できるように稽古するんだろ、僕？

僕の表情の変化に、彼女は頷く。

「よし。では、この剣を構えるぞ。まずは、わらわの手本を見せる」

「はい」

キルトさんは、僕の正面に立つ。

そして、木剣を両手で持って、上段に構えた。

（…………）

びっくりした。

剣の重さを、まるで感じさせない動きだった。

そして、とても綺麗（きれい）な構えだ。

しなやかな樹のような、不動の構え。

なんだか、周りの空気まで、研ぎ澄まされている気がする。
――ただ剣を構える。
その何気ない1つの動きで、素人の僕でも、凄さがわかってしまった。
（この人、本当にとんでもない……）
感動さえする僕の前で、彼女は、構えを解く。
「よし、やってみよ」
「はい！」
僕は、一度、目を閉じる。
今のキルトさんの動きを、思い出す。
何度もイメージする。
滑らかに、無駄な力を入れずに、余計な動きをせずに、ただ剣を持ち上げる。
それだけだ。
（よし）
目を開けて、僕は、木剣を上段に構えた。
「ほう？」
キルトさんが、ちょっと驚いた声を出した。
う……剣が重い。
構えたあとに、剣先がフラフラしてしまう。

（うぬぬ……がんばれ、僕！）

柄を、強く握って支える。

「ふむ、悪くない。初めてにしては、見事な構えじゃ」

「そ、そう？」

「しかし、手に力が入りすぎておる」

コンッ
キルトさんの木剣が、横から、構える僕の木剣を叩いた。

「うわ？」

それだけでバランスが崩れて、転びそうになった。

師匠は、笑う。

「最初のフラフラしていた方で良い。もう一度じゃ」

「は、はい」

僕は、もう一度、構える。

やっぱりフラフラする剣先。

コンッ
（……あれ？）

横から叩かれたのに、剣が揺れただけで、バランスは崩れなかった。

そっか。

こんなに緩く握ってて、いいんだ？

「そうじゃ。必要ない時は、そのぐらいでいいのじゃ。剣はしなやかに、の」

「はい」

理解した僕に、キルトさんは、満足そうに笑う。

視界の中では、イルティミナさんが『うんうん』と頷き、ソルティスは『へぇ』とちょっと感心したように僕を見ていた。

木剣を下ろさせ、師匠は言った。

「次は、その構えから、剣を振り下ろす」

「はい」

「まずは見ていろ？」

そして、キルトさんは僕の前に立った。

木剣を上段に構える。

それだけで、周りの空気が吸い込まれるように変わる。

ヒュ

剣が落ち、空気が斬れた。

「…………」

言葉がなかった。

――ただ美しい。

それだけだ。

真っ直ぐに、落ちる剣。

それ以外に、何もない。

彼女の肉体全てが、そのためだけの動きをした。余計な力みも、邪魔になる動きも、何もない。


ただ剣を振り下ろす。

それ以外の全てを削り取った、至極の動作だった。

（……これが、金印の魔狩人の剣……）

今更、知った。

いつもは大剣を使っているから、その腕力ばかりに目が行ってしまう。でも、彼女は、剣技だけでも間違いなく一流だ。

いや、超一流だ。

美しい師匠は、残心を解いて、僕を振り返る。

見惚れる僕に気づき、少し笑った。

「次は、マールじゃ。やってみよ」

「は、はい！」

我に返り、僕は、大きく深呼吸する。

まずは、構えだ。

上段に、木剣を構える。フラフラしても、構わない。

視界の隅で、キルトさんが「うむ」と頷いた。

(構えは、合格)

あとは、振り下ろすだけだ。

目を閉じる。

さぁ、キルトさんの剣を思い出せ。

ゆったりとした印象で、なのに、驚くほど速い動きだった。

肉体全てを、剣のために使う。

余計なモノは、何もいらない……いらない……この思考も、もう邪魔だ。

…………。

目を開けた。

「やあ!」

ヒュ

突然、手の中から、剣の重さが消えた。

ガコォン

「にょわ!?」

ソルティスの悲鳴が聞こえた。

彼女のすぐ横を抜けた木剣が、奥の木に当たって跳ね返り、地面にザシュッと突き刺さる。

（……あれ？）

僕の手には、木剣がなかった。

どうやら、すっぽ抜けたらしい……。

恐る恐る見たら、キルトさんは、口を半開きにしたまま、唖然としていた。

いや、よく見たら、イルティミナさんも同じ顔である。

そして、真っ青になったソルティスが、飛びかかってくる。

「ア、アンタねぇ、マール！　私を殺す気か!?」

「ご、ごめ――」

反射的に謝ろうとした時、両手に激痛が走った。

「痛いっ！」

あまりの痛みに、うずくまる。

「へ？」

ソルティスが、拳を振り上げた姿勢で停止する。

「わ、私、まだ何もしてないわよ？」

オロオロする少女。

でも、僕にも何が何だか、わからない。

（手首が……肩も、痛い……っっ）

涙がポロポロ出てくる。

キルトさんが、すぐに駆け寄ってきて、僕の手首に触れようとする。でも、その動きが止まった。

「いかんな。折れておる」

「ええ⁉」

驚いたのは、ソルティスだ。

僕には、そんな余裕もない。

イルティミナさんが、長い髪をなびかせ、家の中に飛び込んだ。

すぐに戻ってきた時には、その白い手にソルティスの大杖がある。

「ソル！」

「あ、うん。――ちょっと待ってなさい、マール。すぐ治すから！」

姉から受け取り、緑の光を放つ大杖が、僕の身体に当てられる。

（あ……）

手と肩の痛みが、嘘のように消えていく。

やがてソルティスの大杖が離れて、彼女は「ふー」と息を吐いた。

「もう大丈夫よ」

「……あ、ありがとう、ソルティス」

涙目のまま、僕は、彼女に心から礼を言った。

見つめられた彼女は「ふ、ふん、お礼なんていいわよ」とそっぽを向く。

でも、その頬が赤い。

僕は、キルトさんを見上げた。

「あの……今、僕に何があったの？」

「ふむ。……そなたの振った剣に、身体の方が耐えられなかったようじゃな」

え？

（それって、僕が貧弱すぎたってこと？）

さすがに唖然となる。

ソルティスが、可哀想な子を見る目で、僕を見た。

「……アンタ、魔法の才能だけでなく、剣の才能もないのね？」

「い、言わないで……」

僕は、泣きたくなった。

まさか、自分がこんなに駄目駄目とは、思わなかった。

（……剣も魔法も使えないんじゃ、僕、冒険者として、どうしたらいいの？）

地面に座り込んだまま、途方に暮れる。

キルトさんは、難しい顔で、落ち込む僕を見ていた。

そして、僕を見たまま、隣の美女に声をかける。

「イルナ」

「はい」

「そなた、今のマールの剣を見て、どう思った？」

「キルトの剣、そのままでしたね」

イルティミナさんは、淡々と答えた。

……ん？

キルトさんは「そなたも、そう思ったか」と呟いた。

（えっと、どういうこと？）

年上２人の顔を見上げる。

イルティミナさんが、優しく笑っていた。

「マール。貴方には、かなりの剣の才能があるようです」

「え？」

「肩や手首を壊したのが、その証拠です。貴方の凄まじい剣技に対して、肉体の方が、まるで追いついていないのです」

「…………」

キルトさんは、地面に刺さった木剣を引き抜いた。

刃の方を持ち、柄を見る。

（うわ、血だらけだ）

そこは、真っ赤な血で濡れていた。

気づいていなかったけれど、僕の手の皮がずる剥けていたのだ。

だから、剣がすっぽ抜けたんだね……。

さすがのソルティスも、ギョッとしている。

キルトさんが、苦笑した。

「普通、素人が振っても、こうはならぬ」

「………」

「ようわかった、マール。そなたは、しばらく剣を振ってはならぬ。まずは、肉体を作ろうぞ？」

肉体……？

美しい師匠は、銀髪を揺らして、大きく頷く。

「とにもかくにも、そなたは筋肉を増やせ。剣技に耐えうる肉体を作るのじゃ」

「う、うん」

「剣を振らずにいるのは、辛いかもしれぬ。焦るかもしれぬ。しかし、耐えよ」

黄金の瞳が、僕の青い瞳を見つめる。

「もし自身の剣技に、肉体が追いついたなら、マール、そなたの才能は、一気に開花する」

「………」

一瞬、唖然とした。

「ほ、本当に!?」

「うむ。このキルト・アマンデスの名において、保証しようぞ」

キルトさんは、頼(たの)もしく笑った。

あ……。

心の中から、色んな感情が溢(あふ)れてくる。

それに耐えきれず、僕は、勢いよく立ち上がった。

「ぼ、僕、ちょっとその辺、走ってくる！」

まずは、基本の足腰(あしこし)だ！

キルトさんは、苦笑しながら、頷いた。

「そうか」

「うん、行ってくる！」

足踏(あしぶ)みしながら、言う。

ソルティスが、僕の変化に唖然としていた。

イルティミナさんが、いつものように穏(おだ)やかに笑って、声をかけてくる。

「あまり遅(おそ)くならないよう、気をつけるのですよ？」

「うん」

「それと、知らない人に声をかけられても、ついて行かないようにしてくださいね」

「行かないよ!?」

つい突っ込んだ。

イルティミナさんは、まるで優しい母親みたいに笑う。

僕は苦笑して、

「じゃあ、行ってきます！」

「はい、いってらっしゃい」

「気をつけての」

「……いてら～」

見送る３人に手を振って、走りだした。

家の前の坂を下って、市街の方に走る。

走る。

嬉しかった。

ただ、嬉しかった。

何にもないと思っていた自分に、ようやく手に入れられそうな何かを見つけたのだ。

それが嬉しくて、堪らない。

走っていると、息が苦しい。

でも嬉しいから、苦しくても、まるで平気だった。

希望という名の燃料が、心を燃やしている。

（こんな僕にも、可能性があるんだ！　がんばれば、強くなれるんだ！）

心の中で、叫んだ。

叫んで、叫んで、叫び続けたまま、僕は王都ムーリアの中をどこまでも走っていった――。

第十章　「修行の5日間」

――それから、僕の修行の日々が始まった。

午前中は、ソルティスの部屋にいる。

紙の匂いのする本だらけの部屋で、僕は、呼吸を整えながら、右手に意識を集中する。

赤い魔法の紋章を輝かせるために、自分の魔力を集めていく。

(ゆっくりと……お湯が流れる感じで)

ソルティスは、机に頬杖をついたまま、眼鏡の奥の真紅の瞳で、僕のことを見守っている。

昨日は、10回に1回は成功した。

今日は、もっと成功する回数を増やしたい。

でも……、

(なんか、お湯が集まらないね?)

指の隙間から、こぼれていく感じだ。

5分ぐらい粘ったけど、どうにもならなくて、僕は、額に汗を光らせながら、大きく息を吐いた。

「駄目だぁ、集まらないよ」

「はぁ」

眼鏡少女も、ため息だ。

僕は、申し訳なさそうに彼女を見る。

「ごめん。またお願いしていい？」

「しょーがないわね」

言いながら、ソルティスの2つの小さな手が、僕の両手を掴む。

途端、手のひらが熱くなる。

（あ、この感じだ！）

顔を近づけ、呼吸を合わせると、身体を流れる魔力が、より鮮明に感じられる。

こぼすな、こぼすな。

ポゥ
右手の甲に、真っ赤な冒険者印が輝いた。

「やった！」

喜びに、僕は笑う。

そんな僕を見つめて、それからソルティスは、自分たちの繋いだ手を見る。そして、少し悩んだように聞いてくる。

「アンタさぁ、わざと失敗してないわよね？」

「え？　なんで？」

「な、なんでって……」

キョトンと見返すと、ソルティスは、なぜか言い淀んだ。

そっぽを向いて、

「なんでもないわよ、ボロ雑巾！」

「わっ⁉」

勢いよく手を離された。

……なんか、ソルティスの頬、ちょっと赤い気がする。気のせいかな？

そうして僕は、魔力のコントロールを練習する。

やがて、今日の練習はもう終わりという頃に、ふと思った僕は、右手を赤く輝かせながら、ちょっと聞いてみた。

「そういえば、イルティミナさんやキルトさんも、魔法って使えるの？」

「ん？」

本を読んでいたソルティスは、顔を上げる。

「そうね。初級魔法なら、使えるはずよ」

「……初級だけ？」

2人とも、凄そうなのに。

表情に出ていたのか、彼女は笑った。

「あの2人はね、タナトス魔法よりも、自分の魔法具に魔力を使う魔法戦士タイプだからね」

魔法具って……、

「あの白い槍や、雷の大剣のこと？」

「そ。ああいう魔法の武器は、契約者の魔力を使って、内蔵された魔法が発動するようになってるのよ。タナトス魔法を使うよりも、簡単に発動できるしね」

「ふぅん？」

「もちろん、タナトス魔法の方が、色んなことができるわよ？」

「でも、タナトス魔法は、高位になればなるほど、発動が難しくなるのよね」

魔法使いの少女は、そう言って、

「そうなんだ？」

「そうよ。……ちょっと早いけど、マールにも教えておくか」

彼女はそう言って、本を机に置き、僕へと向き直って説明する。

「まず魔法に必要なのは、タナトス魔法文字。これの組み合わせで、できることが決まるの。ようは、詠唱文ね」

「ふむふむ？」

「詠唱文を詠唱すれば、魔法は発動する。でも、それが大変なの」

詠唱が大変？

「まず、発音。そして、詠唱の速度。少しもミスしたら駄目」

「うん」

「次は、魔法の発動体で描く特異点、ようはタナトス魔法文字」

ソルティスが、魔法を使う時に、あの大きな魔法石のついた杖で、いつも空中に書いてる奴だね。

「文字を間違えるのは、論外。そして一番難しいのは、そこに込める魔力の量」

「魔力の量？」

「そう。文字1つ1つに対して、適切な魔力を注がないといけないの。多すぎても、少なすぎても駄目、文字が歪んでしまうから。そして高位になればなるほど、その注ぐ魔力の許容誤差の範囲が狭くなるわ」

そして彼女は、突然、言葉を切る。

真紅の瞳で僕を見つめ、声を潜めて告げた。

「もし失敗すると、魔力は自分に逆流するの。過剰な魔力を注がれて、肉体が……特に、脳がやられるわ。最悪、死ぬわよ」

「…………」

ちょっと待って。

魔法って、そんなにリスク高いモノなの⁉

唖然とする僕に、ソルティスは笑った。

「ま、そうならないように、私の杖みたいな魔法の発動体には、大抵、安全装置が付いてるんだけどね」

「安全装置？」

「逆流を感知したら、杖の中で、魔力を断線させるの。使い手まで、届かないように」

「……つまり、ヒューズみたいなもの？」

「ひゅーず？　何それ？」

あ……。

「ごめん、何でもない。——でも、そうなんだ？」

「……ま、いいわ。——そうよ。だけど、たま～に、安物だと安全装置がなかったりするの。だから、マールも、魔法、使いたいんなら、発動体を買う時は、ちゃんと確認しなさいよね？」

「うん、絶対そうする」

僕は、大きく頷いた。

でも、自分1人だと心配だから、

「その時は、ソルティスも、一緒に選んでくれない？」

「…………。ま、いいけど」

「やった！」

これで安心。

ホクホク顔の僕を、ソルティスは頬杖しながら見つめて、やがて、ため息をこぼした。

「じゃ、今日はこれで終わりよ」

「あ、うん。ありがと、ソルティス。また明日、よろしくね？」

「はいはい」

立ち上がって、部屋を出ようとする。

その背中に、

「……マールって、私がそばにいないと、駄目なのかしらね？」

独り言のような、小さな呟きがぶつかる。

（？？？）

不思議に思って、振り返る。

でも、彼女は『バイバイ』と手を振っているので、僕は仕方なく、首をかしげながら部屋を出た。

◇◇◇◇◇◇◇

午後は、キルトさんと一緒に、庭にいる。

「今日は、マールの戦い方について、指南しよう」

芝生に座る僕に、正面に立つ美しき師匠は言った。

（……僕の戦い方？）

キョトンとする僕に、

「マール、そなたの短剣を貸せ」

「あ、はい」

僕は、腰ベルトから、鞘ごと『マールの牙』を外す。

受け取ったキルトさんは、すぐに短剣を引き抜いた。

太陽の光に、刃が輝きを反射する。

それを見つめ、キルトさんは、ポニーテールにされた銀髪を揺らして、満足そうに頷いた。

「ふむ。いい剣じゃ」

褒められて、イルティミナさんに借りてるだけだけど、僕は嬉しくなる。

でも、次の瞬間
ギュッ
(……え？)

彼女の左手は、その刃を握りしめた。

「あ、ああ、あの、キルトさん⁉」

「騒ぐな」

騒ぐなって、言われても！

刃は短いけれど、これまでに多くの魔物や人間さえも斬ってきた、とても鋭い刃だ。

(キルトさんの手が、斬れちゃうよ！)

その想像に、目を閉じて、顔を背けたくなる。

……でも、

（あれ？　……血が出ない？）

キルトさんの白い手は、皮膚が食い込むほど、刃を握りしめている。

それなのに、指が斬れるどころか、血の一滴も出てこない。

（え？　手品？）

気づいた僕に、キルトさんは、ゆっくりと笑う。

「わかったか、マール？」

「え？」

「刃はの、押しただけでは、そう簡単に斬れぬのじゃ」

ギュウウ
さらに力を込めるキルトさん。

でも、血が出ない。

「そ、そうなの？」

「うむ。しかしの――」

言いながら、彼女は、握っていた左手を開く。

その人差し指を、刃に触れさせ、ほんの1センチほど横に動かした。

プッ

「あ」

血が出た。

赤い筋が、白い指に走っている。そこに血の玉ができていた。

「刃を引けば、このように、あっさりと斬れてしまう」

「う、うん」

僕は頷き、ポケットを漁った。

（あった、ハンカチ）

「キルトさん、これ！」

差し出すと、彼女の端正な白い美貌は驚き、それから嬉しそうに笑った。

「すまんな」

「ううん」

指に結びつける。

そのハンカチを黄金の瞳で見つめ、すぐに師匠の顔になって僕を見る。

「要はな、マール。何かを斬る時に、それほど力は要らぬということじゃ」

「う、うん」

「刃を相手に触れさせ、その瞬間に動かせば、たとえ非力な子供であっても、それで斬ることができる。ただ撫でてやれば良い。力を込めて、刃を押し込もうとする必要などないのじゃ」

……なるほど。

変に、相手の肉を骨まで断ってやろうとか、余計なことを考えて押し込むと、逆に斬れなくなるんだ。

——ただ刃で撫でるだけ。

（うん、か弱い子供でも、できる戦い方だ）

キルトさんは、『マールの牙』の刃についた、自分の血を拭きながら言う。

「狙うならば、首や手首など、太い血管のある場所が良いぞ。出血させれば、体力を奪える。そのまま、失血死もあろう。その恐怖が、相手の焦りも生んでくれる」

「はい」

僕は、頷いた。

でも、少し疑問に思っていることもある。

「でも、キルトさん？　人相手は、それでいいとして、魔物はどうしたらいいの？」

僕は、赤牙竜を思い出す。

あの岩みたいな外皮は、撫でただけでは、絶対に斬れない気がする。

キルトさんは、笑った。

「そうじゃな。しかし、『マールが非力』だという現実は変えられぬ」

「…………」

「ならば、そのまま相手の力を借りようぞ？」

え？

驚(おどろ)く僕(ぼく)の前で、キルトさんは、庭の片隅(かたすみ)に積まれていた薪(まき)の山から、1本を拾った。

ポーンと、真上に投げる。

やがて、落下する薪。

その真下で、キルトさんは『マールの牙』の刃を上に向けた。

ガシュッ
動かぬ刃の半ばまで、薪が刺さった。

気づいた僕は、呟いた。

「……カウンター？」

「そうじゃ」

出来の良い生徒を褒めるように、キルトさんは頷き、笑う。

「相手の進路上に、刃を置いておけ。それだけで、大抵の魔物は、勝手に刺さってくれよう」

なるほど。

正直、赤牙竜相手には、無理かもしれない。でも、もう少し弱い魔物ならば、充分(じゅうぶん)に通用するだろう。

（非力な子供に、ピッタリだ）

僕の青い目にある光を見つけて、キルトさんは、満足そうに頷いた。

「うむ。『撫でる剣』と『カウンター』、この2つがマール、そなたのすべき戦い方じゃ。——わかったの？」

「はい、師匠！」

僕は、元気よく返事をした。

「師匠？」と、キルトさんは、金色の目を丸くする。

（あ……つい言っちゃった）

彼女は驚いたあと、慌てる僕に「まぁ、よい」と苦笑してくれる。

「よし、これで座学は終わりじゃ。次は、肉体作りじゃ。始めるぞ！」

「はい！」

やる気と共に、立ち上がる。

――そして、地道な筋トレ地獄が始まった。

（き、きついぃぃぃ）

キルトさんは、師匠ではなく、鬼軍曹にクラスチェンジしていた。

『大人でも無理だろ⁉』というようなメニューを、僕に淡々と課してくる。

でも、拒否した瞬間、彼女はもう2度と稽古してくれなくなる気がしたので、がんばるしかなかった。

（か、身体、壊れそう……）

でも、そうなる直前に、金印の魔狩人はきちんと見極めて、別の部位への課題に切り替えてくる。

「なぁに、万が一、壊れても、ここにはソルがいるからの」

「お、鬼……」

「うむ。わらわは、鬼姫キルトじゃぞ？」

なんて清々しい笑顔だ。

（し、死ぬぅ……）

前世も含めて、こんな限界まで肉体を酷使したのは、初めてかもしれない。

やがて、夕日が王都の西の空に消えようという頃、ようやく全メニューを終えて、僕は芝生に倒れた。

「ふむ。ようやったの」

クシャクシャ

嬉しそうな笑顔で、汗にまみれた僕の髪を撫でられる。

（うぅ……）

返事もできない僕の耳に、彼女の優しい声がした。

「あとは、わらわの動きを見ておれ」

「……？」

気怠く顔を上げる。

キルトさんは、木剣を手にしていた。

それを構える。

そして、静かに剣を振る。

縦に、横に。

上に、下に。

音もなく、舞うように。

（――――）

綺麗だった。

朦朧とした意識の中で、金印の魔狩人の美しい剣舞だけが、網膜に飛び込み、心の奥まで焼きついていく。

ただ吸い込まれるように、魅入る。

（あぁ……いつか）

いつか、あの剣に追いつきたい――そう思った。

美しい銀髪をなびかせ、彼女は舞う。

夕日に染まった世界で、僕の青い瞳は、いつまでもその姿を見つめ続けた――。

◇◇◇◇◇◇◇

夜の時間は、イルティイミナさんの部屋にいた。

いつものようにアルバック大陸の共通語の勉強会……ではない。

実は、もう読み書きを覚えてしまったので、今夜からは、彼女とは別の行為をするようになってしまった。

「フフッ、マール」

「や、優しくしてね、イルティミナさん？」

ベッドに横になる僕。

そんな僕の上に、イルティミナさんは、馬乗りになっている。

彼女のむっちりした太ももが、僕の両足を挟み込み、大きな弾力のあるお尻がその上に、重く乗っている。

肩からこぼれた深緑の美しい髪が、僕の頬や首をくすぐる。

彼女は、艶っぽく笑った。

「もちろんですよ、マール。気持ちよくしてあげますからね？」

「う、うん」

僕らの身体からは、石けんの香りがする。

2人とも、お風呂から出たばかりだ。

ドキドキと、心臓が高鳴る。

服を脱いだ僕の素肌へと、彼女の白い指が優しく触れた。

電気が流れたみたいに、僕は震える。

「んっ……ぅ」

必死に漏れる声を抑えると、彼女は、愉しそうに笑った。

「大丈夫……私を信じて。声を出してもいい……でも、ほら、力を抜いて？」

「う、うん……」

「あぁ、いい子ですよ、マール」

甘い吐息をこぼして、

「さぁ、気持ちよくなりましょう、マール」

「お、お願いします！」

覚悟を決めて、目を閉じる僕。

イルティミナさんの笑ったような声がして、そして、白い指が妖しく動き始めた。

――僕の背中を、マッサージするために。

はい、そうです。

キルトさんとの筋トレで、疲れ切った僕の身体を、心配したイルティミナさんがマッサージしてくれることになったんです。

（うん、それだけだよ？）

僕は、紳士だからね。

でも、イルティミナさんは、声が色っぽいので勘違いしそうになる。

――罪な女性だ。

そのイルティミナさんは、僕の背筋を触りながら、驚いた顔だった。

「あらあら、本当に凝っていますね？　筋肉がパンパンです」

「やっぱり？」

「はい。……これは、毎日しないと駄目ですね」

と言いながら、なんだか嬉しそうだ。

（まぁ、僕も嬉しいけど……）

毎晩、綺麗なお姉さんに、マッサージしてもらえるなんて、最高じゃないか。

グッ　グッ
白い指が、僕の背中を指圧する。

（あぁ、気持ちいい）

悪くなっていた血行が回復して、筋肉が柔らかくなっていく。

とろけそうな僕の横顔に、イルティミナさんは、真紅の瞳を細めて、優しく笑いながら、こんな質問をしてくる。

「ソルとの勉強はどうですか？　ちゃんと魔法のことを、マールに教えてくれますか？」

「うん」

僕は、頷いた。

「ソルティスって、本当に凄いんだ。僕、驚いたよ」

そうして、ついつい話してしまう。

他人に物を教えるというのは、実は、大変なことだ。だって、本当に理解していなければ、できないことだから。

漠然とわかっているだけでは、駄目なんだ。

きちんと理由や理屈を把握していなければ、文章に変換できないし、人にも伝えられない。

でも、ソルティスはそれができる。

あの年齢で、あれだけのことを理解している天才だ。

それも、努力でなった天才なんだ。

「本当に尊敬するよ、ソルティスのこと」

「そうですか」

僕の正直な言葉に、その姉は、嬉しそうに笑った。

そして彼女は、僕の腕や肩を揉む。

(イルティミナさんって、マッサージも上手なんだね?)

疲れと痛みで動きの悪かった部分が、ずいぶんと楽に動くようになった。

本当に、何でもできる人だ。

そのなんでもできる女の人は、マッサージを続けながら、今度は、こんなことを質問してくる。

「キルトとの稽古は、どうですか？　大変ではありませんか？」

「大変だよ」

本心から、答えた。

「でも大変だけど、大変じゃないんだ」

と、こちらも本心から笑って、付け加えた。

イルティミナさんは、「おや？」と面白そうな顔だ。

視線と表情が、続きを促している。

そうして僕は、またまた話してしまう。

キルトさんは毎日、宿泊しているギルドからこの家まで、僕のために通ってくれる。

しかも、キルトさんの稽古は、『戦い方』を教えてくれるものじゃなくて、『マールの戦い方』を教えてくれるものだった。

それが嬉しかった。

僕のことを、ちゃんと見ている。考えてくれている。

それだけで、やる気が出る。

大変なのも、大変じゃなくなるんだ。

「だから、キルトさんを信じて、必死にがんばれば、必ず僕は強くなれる——そう思えるんだ」

「そうですか」

イルティミナさんは『うんうん』と頷いた。

彼女のマッサージは、身体の中心から末端へと向かった。

上腕やふくらはぎ、やがて、手足の指先まで揉まれる。

その間、彼女は、色んな質問をする。

ご飯のこと、お風呂のこと、楽しかったこと、悲しかったこと……今日あった出来事を、穏やかに聞いてくる。

つられて僕は、いっぱい喋ってしまった。

その時に感じたことを。

不満だったり、喜びだったり、感動だったり、不安だったり、全部、口にしてしまった。

そして彼女は、必ず、

「そうですか」

と、その全ての話を穏やかに聞いて、ただ受け入れてくれた。

(……あれ？)

その内に、気づく。

全てを口にすることで、いつの間にか、心の中まで軽くなっていた。

(まさか……もしかして、イルティミナさん？　そのために？)

驚き、そして、胸がいっぱいになる。

彼女は、マッサージで疲れた僕の肉体を癒しながら、今日の出来事を口にさせることで、僕の心まで癒してくれていた。

僕の心も身体も、守ろうとしてくれていたのだ。

(あぁ、なんて人だ……)

彼女は、白い美貌に、美しい笑みを浮かべ、その真紅の瞳で僕を見つめている。

「どうしました、マール？」

「…………。ううん」

胸がいっぱいで、答えられない。

何を言っても、この気持ちは、伝えきれない気がしたんだ。

あぁ、僕の周りにいる３人は、本当に凄い人たちばかりだよ。彼女たちと一緒にいるためには、僕は、もっともっとがんばらないと！

小さな拳を、彼女から見えないようにギュッと握る。

やがて、マッサージは終わった。

「ありがとう、イルティミナさん」

僕は、万感の想いを込めて、口にする。

それを聞いた彼女は、珍しく少女みたいに楽しそうに笑って、こちらの顔を見つめ、

「フフッ、どういたしまして」

その白い手が、僕の髪を優しく撫でた――。

——修行の日々は、あっという間に流れた。

あれから、５日。

魔狩人の仕事のオフの日は、明日で最後になる。

それまで毎日、僕は、午前中はソルティスと、午後はキルトさんと、夜はイルティミナさんと過ごした。

そして、今夜の夕食時、

「ま、２回に１回は成功するわね。とりあえず、魔力のコントロールに関しては順調よ？」

「そうですか」

妹の報告に、姉は頷く。

「ただ、タナトス文字の発音は、まだちょ〜っと駄目ね」

眼鏡少女は、食事をしながら、そう付け加える。

うん、魔法文字の発音は難しかった。

日本語はもちろん、アルバック共通語とも違うんだ。

そして、日本人特有の『Ｌ』と『Ｒ』の発音みたいに、上手く違いを出せない文字もあった。

（魔法を使える日は、遠そうだね……）

先は長い。

そして、今度はキルトさんの報告。

「肉体に関しては、下地ができてきたの」

「ほう？」

「さすが成長期というべきか、変化が早い。本人のやる気の成果でもあるじゃろうの」

師匠は、満足そうだ。

よかった。

弟子（でし）としても嬉しく思う。

（でも確かに、最初に比べて、疲れにくくなったんだよね）

筋肉がついた証拠（しょうこ）かな？

それも、きっとイルティミナさんの毎晩のマッサージのおかげだ。

おかげで、代謝が良くなってるんだ。

それに、色んな話を聞いてもらって、毎日すっきりしてるから、翌日の集中力が高くなっている。

稽古の効果が、もっと増えてると思う。

（あと、キルトさんの剣（けん）も、いっぱい見せてもらってるんだよね）

今の僕は、剣を使えないけれど、イメージトレーニングは、ずっとしてた。

あぁ、早く試（ため）してみたいなぁ。

そんな３人の話を聞きながら、当の僕はというと、なぜか自分の食事の手を止められなかった。

パクパク　ムシャムシャ

食べる量が、多分、５日前と比べて倍になっている。

「う～む。しかし、よく食うの」

「ムグムグ……なんだか最近、凄くお腹が空いちゃって」

成長期と稽古のダブルパンチかな？

キルトさんは苦笑して、

「まるで、ソルがもう１人増えたみたいじゃな？」

「うわ、キルトさん、それは酷いよ！」

「……アンタの方が、酷いわよ……」

あれ？

ソルティスの睨みに、僕は、「あはは～」と乾いた笑いで誤魔化した。

年上の２人は、クスクスと笑う。

そして、イルティミナさんは笑いを収めて、改めて、自分の２人の仲間を見る。

「では、ソルもキルトも、よろしいですね？」

「ふん。……ま、いいんじゃないの」

「うむ、よかろう」

ん？

何の話？

思わず、食事の手を止める僕を、３人が見つめてきた。

その瞳にあるのは、真剣な光だ。

思わず、姿勢を正す。

そして、イルティミナさんが代表するように、口を開いた。

「マール」

「はい」

「明日で、休みは終わります。明後日からは、私たちは、新たな依頼のために、また王都から旅立たねばなりません」

（！）

彼女たちが、行ってしまう。

でも、僕は……？

１人残される恐怖が、脳裏を掠めた。

不安な僕の顔を見ながら、彼女は、落ち着いた口調を変えずに言う。

「私たちは、マール、貴方をそのクエストに同行させるか、迷っています」

「…………」

「そこで明日、試験を行います」

試験？

「明日、初心者向けの討伐クエストを、また受注します」

ドクンッ

心臓が、大きく跳ねた。

「そこで、今日までの成果を見せなさい。その結果によって、判断します」

「……わかった」

僕は、頷いた。

やるしかない。

彼女たちだって、意地悪をしてるんじゃない。僕の命を心配してるから、そう言ってくれているんだ。

（でも……）

僕は、３人を見る。

『——マールを信じている』

その瞳が、表情が、雄弁に語っていた。

（これに応えなきゃ、男じゃないぞ？）

僕は、言う。

「しっかり見ててね、みんな」

「はい」

「わかってるわ」

「うむ」

イルティミナさんも、ソルティスも、キルトさんも、笑って頷いた。

僕も笑った。

そして笑ったまま、料理に手を伸ばし、ステーキ肉を喰い千切る。

（たくさんエネルギーを貯めて、明日に備えないと！）

ムシャムシャ　ムグムグ

みんな、驚いた顔をする。

そんな僕を、しばらく見つめて、

「がんばってください、マール」

イルティミナさんが、優しく笑う。

ソルティスもキルトさんも、大きく頷き、そして３人も、また自分たちの料理を食べ始めた。

——星々の煌めく夜空には、紅白の月が輝いている。

窓から差し込む、その月光に照らされながら、僕ら４人は、運命の明日のため、ただひたすらに英気を養っていった——。

第十一章 「クエスト受注1」

翌朝、僕は、イルティミナさんたち姉妹と一緒に、冒険者ギルド『月光の風』へと向かった。

（……ついに、運命の日だ）

青い空を見ながら、そう思う。

家からの道すがら、僕らは、一言も喋らなかった。

やがて、湖に沿った道の先に、白亜の建物が見えてくる。

（よし、がんばろう）

気合を入れて、門を潜り、前庭に入る。

と、

「お、来たの」

玄関の横の白い壁に、キルトさんが寄りかかっていた。

彼女は、ギルドの宿泊施設で生活している。

どうやら、僕らが来るのを、ずっと待っていてくれたみたいだ。

「おはよう、キルトさん」

「うむ、おはようじゃ、マール」

壁から身を起こし、白い手が僕の頭を撫でてくる。

「おはようございます、キルト」

「おはよー」

美人姉妹も挨拶をして、キルトさんは「おはようじゃ」と白い歯を見せて、２人にも笑いかけた。

そして、黄金の瞳が僕を見る。

「では、行くかの」

「うん」

僕は、大きく頷いた。

そして僕ら４人は、白い塔のような冒険者ギルドの中へと入っていった。

◇◇◇◇◇◇

「マール、ここからはそなたに任せる」

建物に入った途端、キルトさんは、そう言った。

（え？）

僕は、振り返る。

キルトさんの左右に、姉妹も並んでいた。

イルティミナさんの真紅(しんく)の瞳が、僕を見つめる。

「これから受注するクエストは、貴方の好きなものを選びなさい」

「僕の？」

ソルティスが、両手を頭の後ろに組んで、からかうように笑った。

「これは、アンタの実力を見るための試験よ？　簡単すぎるのを選んだら、許さないからね」

「……ソルティス」

銀の髪を揺(ゆ)らして、キルトさんは、大きく頷く。

「そういうことじゃ。今日の我らは、サポート役に徹(てっ)する。どのクエストを受け、どうクリアをするのか、全て、そなた自身が決めよ」

「…………」

「マール。今日は、そなたがリーダーじゃ」

僕が、リーダー？

驚く僕のことを、３人は、真(ま)っ直(す)ぐに見つめている。

（……そっか）

僕の冒険者としての資質、それを彼女たちは、見極めようとしている。

つまり、もう試験は始まってるんだ。

僕は、頷いた。

「うん。じゃあ、クエストを選んでくる」

「うむ」

「お任せします」

「はいよ」

笑う3人に見送られ、僕は1人で、ギルド内にあるクエスト掲示板に向かった。

掲示板の前には、他にも冒険者の人たちが集まっている。

僕は、小さな子供の身体を利用して、その人たちの間を抜けて、スルスルと前に出た。

(ふぅん？　アルセンさんの宿で見た掲示板と、だいぶ違うんだね)

まずギルドの掲示板は、とにかく大きい。

僕の身長よりも高く、横幅は7メートルぐらいある。

そして、赤、青、白、銀の4色に色分けされていた。

(依頼の難易度かな？)

金がないのは、受注できるのが、キルトさん1人だからだろう。

そして、赤印の冒険者である僕は、赤色の部分にあるクエストを受けるべきなんだ。

どれどれ？

僕は、赤色の部分に近づいてみる。

(……あんまり、数が多くないね？)

依頼書は、10枚もない。

ちなみに、青のクエストが一番多く50枚ぐらい、白は30枚ぐらい、銀は3枚だけだった。

赤のクエスト内容は、

『薬草集め』

『他都市までの宅配業務』

『荷馬車の護衛』

『ゴブリンの討伐』

『魔熊の討伐』

とある。

そして、『ゴブリン討伐』のクエストだけで6件あった。

(本当に、この地方には、ゴブリンが多いんだね)

前にイルティミナさんの言ったことを、思い出す。

さて、どうするか?

「……やっぱり、ゴブリン討伐かな?」

僕は、呟いた。

これから行うのは、『魔狩人である彼女たち』について行く資格があるかの試験だ。

だから、魔物の討伐以外は、考えられない。

となれば、ゴブリンか魔熊の討伐クエストだ。

魔熊がどんな魔物かは知らない。
もちろん、そっちでもいいんだろうと思う。
でも、
(やっぱり、リベンジしたいよね?)
前回は、何もできなかった。
だからこそ今回は、きっと前回からの自分の成長も計れるはずだ。
「よし」
僕は、『ゴブリン討伐』の6枚の内容を、比較(ひかく)していく。
うん、討伐数は15~25と、どれも前回と大きな差はない。
あとは、場所かな?
(明日、イルティィミナさんたちは、別のクエストに出発しなきゃいけないんだ)
だから、日帰りできる場所じゃないと。
う~ん?
でも、地名が読めても、距離(きょり)がわからない。
(ここは素直(すなお)に、あの3人か、ギルドの職員さんにでも聞こうかな?)
僕は頷き、振り返る。
ドンッ
(わ?)

その瞬間、誰かとぶつかった。

「あっと……すまない、大丈夫か？」

慌てたような声。

尻餅をついたまま、僕はぶつかった鼻を押さえて、謝る。

「だ、大丈夫です。こっちこそ、ごめんなさい」

「あれ？　お前は……」

「え？」

顔を上げると、そこにいるのは、見たことのある長身の少年だった。

青い髪に、茶色い瞳。

15～16歳ほどの年齢で、背中にある長剣。

（あ）

記憶の顔と名前が一致する。

「アスベルさん？」

「……お前、イルティィミナさんと一緒にいた……確か、マールだったか？」

「はい」

伸ばされた彼の手を借りて、立ち上がる。

（……手、繋いでくれた）

それに驚いた。

前に会った時に、『血なし者』として嫌悪されていたから、僕に触るのも嫌なのかと思ってた。

でも、助け起こしてくれた。

(やっぱり、いい人なんだね)

前に感じた印象は、間違ってなかったみたい。

と、彼の後ろから、知らない2人の男女が声をかけてくる。

「どうしたの、アス?」

「おう、何やってんだよ、アス? そのガキ、お前の知り合いか?」

アスベルさんの冒険者仲間かな?

女の人は、エルフさんだった。

外見は、14~15歳ぐらいで、白い髪を三つ編みにして、水色の目をしている。

そして、肌は、チョコレートみたいな綺麗な褐色だ。

(ダークエルフさん!)

つい、エルフ好きの血が騒ぐ。

彼女の腰ベルトには、魔法石のついた杖とレイピアが左右に装備されている。もしかしたら、魔法と剣、両方使える人なのかな?

もう1人の男の人は、人間だ。

年齢は、アスベルさんと同じぐらいだと思う。

背の高さは、長身のアスベルさんより低いけど、横幅は、倍ぐらいあった。

（凄い筋肉だね……）

顔と首の太さが一緒だし、彼の太ももは、僕の腰と同じサイズだった。

髪と瞳の色は、緑。

顔は怖くて、ちょっと不良みたいな感じかな？　その背中には、大型の戦斧が負われている。

アスベルさんは、そんな２人を見返して、少し硬い声で言う。

「あぁ、前にちょっとな」

「ふぅん。私はリュタ、よろしくね」

「ガリオンだ」

リュタさんとガリオンさんが、僕に声をかけてくる。

僕は、ペコッと頭を下げた。

「マールです」

「マール君か、男の子なのに可愛い名前だね。……ん？」

「……おい、コイツ？」

不意に、２人の表情が変わった。

（え？　何？）

戸惑う僕の耳に、あの単語が響いた。

「この子……まさか、『血なし者』？」

「……マジかよ」

不快、嫌悪、拒絶の感情が、声に宿っている。

（…………）

友好から敵意に変わった視線が、僕の心に突き刺さる。

「ちょっと、アス……」

「お前、何考えてんだ？　いつから『血なし者』とつるむようになった？　あぁ⁉」

2人は、アスベルさんを非難する。

ガリオンさんの声の大きさに、周囲の冒険者の人たちも、騒ぎに気づき始めた。

アスベルさんは、短い息を吐く。

「2人とも、やめろ」

「でも」

「何が、やめろ、だ？　ふざけんな、俺は『血なし者』に容赦する気はねえぞ⁉」

「この子は、キルトさんの知り合いだ」

瞬間、2人の動きが止まった。

その表情に驚きを貼りつけて、ゆっくりと僕を見る。

「この子が……？」

「あの、鬼姫キルトの知り合い……だと？」

アスベルさんは、「あぁ」と頷いた。

彼の答えに、2人は、苦虫を噛んだような顔をする。

（金印のご利益（りやく）……かな？）

2人が静まったことで、周囲の冒険者の人たちの興味も消えていく。

「ちっ、くそが！」

ガィン
ガリオンさんは、乱暴に床（ゆか）を蹴（け）る。

僕を鋭（するど）く睨んでから、

「俺は、向こうにいる。アス、出発する時にゃ、呼びに来いよ」

「あぁ、わかった」

彼は足音荒（あら）く、行ってしまった。

リュタさんは、戸惑ったように僕とアスベルさん、そしてガリオンさんの方を見ている。

「すまない、リュタ。ガリオンを頼（たの）む」

「……わかったわ」

頷き、彼女も複雑そうな視線で、一度、僕を見てから、ガリオンさんを追いかけていった。

残されたのは、僕とアスベルさん。

そしてアスベルさんは、2人の方を見ながら、僕に言う。

「悪かったな、嫌な思いをさせて」

「ううん」

僕は、首を振（ふ）る。

「理由はわかるし、なんとなく理解もできる。だから、あの2人に悪い感情はないよ」

「…………」

「でも、ガリオンさんは、ちょっと怖かったかな？」

笑って、そんな冗談を言ってみる。

彼は、苦笑した。

「そうか」

ちょっと空気が緩んだ気がした。

（あ、そうだ）

それに便乗して、僕は、彼にお願いをしてみる。

「アスベルさん、ちょっと頼みがあるんだ」

「頼み？」

「うん。この6つのクエストで、日帰りで行ける場所ってあるかな？」

僕は、赤い掲示板を、小さな指で示す。

「日帰り、か」

アスベルさんは、茶色い目を細め、6つのクエスト依頼書を見てくれる。

（やっぱり、いい人だね）

嬉しくて、つい心の中で笑ってしまった。

やがて彼は、1つの依頼書を、裏拳でコンッと軽く叩いた。

「これだな」

「……ディオル遺跡近くの森？」

彼は頷いた。

「ディオル遺跡は、王都から馬車で3時間だ。これなら日帰りできるだろ？」

「うん」

「しかし、なんで、お前がクエストを？」

アスベルさんは、怪訝そうだ。

あ、そうか。アスベルさんは、知らないんだっけ。

僕は、右手の甲を、彼に向ける。

（お湯が流れる感覚で……右手に、魔力を集めて……）

ポゥ

赤い魔法の紋章が、輝いた。

やった、成功だ！

アスベルさんは、驚いたように、その赤い光の冒険者印を見つめる。

「お前……冒険者だったのか？」

「なったのは、5日前だけどね」

彼は、納得したように頷いた。

僕は小さく笑い、そして、教えてもらったクエスト依頼書を、掲示板から剥がした。

（……これが、僕の試験）

しばらく、依頼書を見つめた。

アスベルさんは、そんな僕の横顔に何かを感じたのか、少しだけ柔らかな声で言った。

「クエスト、がんばれよ」

「うん」

ちょっと驚き、頷く。

「アスベルさんが、そんなこと言ってくれるなんて、思わなかった」

「そうか？」

「うん」

僕は言った。

「アスベルさん、僕のこと、嫌(きら)いでしょ？」

「………………」

彼の視線に、時々、あの２人と同じ種類の光が宿っているのは、さすがに気づいている。

直球をぶつけられて、アスベルさんは、僕を見た。

そして、苦笑した。

「少しな」

「うん」

「だけど、お前は何も悪くない。悪いのは、多分、俺の方だ」

そっか。

少し寂しい。

でも、彼は正直に言ってくれるから、嬉しかった。

（……っと、長話しちゃったな）

リュタさんとガリオンさんが待っているように、僕も3人を待たせている。

「ありがと、アスベルさん。それじゃあね」

「マール」

立ち去ろうとしたら、名前を呼ばれた。ん？

振り返った僕に、彼は、左手を見せる。

そこには、1枚のクエスト依頼書が握られていた。

「これは、さっき、俺たちの受けたクエスト依頼書だ」

「うん？」

「内容は、ディオル遺跡の探索」

…………。

（あれ？　ディオル遺跡って……）

僕は、慌てて、自分のクエスト依頼書を見直す。

『ディオル遺跡近くの森』

とある。

僕は、アスベルさんを見た。

彼も僕を見て、皮肉そうに笑っている。

「まったく……世の中には、偶然ってのがあるんだな」

「うん」

「これも何かの縁だ。もし何かあったなら、遺跡まで来て、俺たちに声をかけろ。少しは手を貸してやるよ」

なんと、びっくり。

驚いている僕の顔を見て、彼は、ようやく楽しそうに笑った。

「じゃあな、マール」

パン
肩を、裏拳で軽く叩かれる。

そうして、青い髪の少年は、その場から去っていった。

「…………」

やれやれだ。

このクエストは、僕の試験なんだから、手なんて借りられないんだ。

（でも……）

口元が、勝手に緩んでいく。

そうして、必死に笑ってしまう頬を引き締めながら、僕は、クエスト受注のために、ギルドの受付へと向かった。

第十二章　「クエスト受注2」

「――申し訳ありませんが、このクエストの受注許可は出せません」

（はい？）

ギルドの受付に行ったら、そんな予想外の返答だった。

ちょっと唖然とする。

「えっと、なんででしょう？」

「この『ゴブリン15体の討伐クエスト』は、赤印5名以上、あるいは、青印3名以上のクエストです」

紫色のウェーブヘアで右目を隠した、色っぽいギルド職員のお姉さんは、僕の顔を見る。

ジロジロ

（…………）

そして、彼女は言った。

「マールさんは、赤印ですね？　そして、お仲間は3名だと伺いました」

「はい」

「つまり、赤印4名です。受注許可はできません」

「いや、でも」

僕が言い募ろうとすると、彼女は、白い手をこちらに向けた。

「例外は、認められません。それとも、パーティーに青印の方がいらっしゃる？」

「……いませんけど」

「では、やはり許可はできません」

きっぱりと彼女は告げる。

僕も告げた。

「でも、金、銀、白はいます」

「……は？」

「キルトさんと、イルティミナさんと、ソルティスです。あの、知ってますか？」

「知ってますが……」

ポカンとしながら口にして、彼女は、ハッとする。

紫の髪をひるがえし、慌てて、手元の資料を漁りだした。

「あった」

ポツリと言って、それを凄い速さで読む。

数秒の沈黙。

そして、僕の顔をゆっくりと見た。

「マールさんは、当ギルド長のムンパ・ヴィーナにお会いしたことは、ございますか？」

「あ、はい」

「…………。失礼しました」

彼女は、突然、椅子から立ち上がり、深々と頭を下げた。

（え、えぇ⁉）

「当ギルドに多大なる貢献をしていただいた、マール様だったのですね。ムンパ様より、マール様のご意向は、できる限りお応えするよう、申し付かっております」

「は、はぁ」

「すぐに受注許可をいたします」

彼女は椅子に座ると、テキパキと書類をかき集める。

（ま、周りの視線が……）

大人の女性に頭を下げさせる子供……周囲の人たちは、不可解そうに僕らを見ていた。

やがて、職員のお姉さんに渡された書類に、僕は署名する。

名前やメンバー名。

リーダーの住所、年齢、性別。

（これがギルド宛てで、こっちが保険ギルド？　これは、依頼者に、かな？）

ふむふむ。

意外と何枚も書くので、大変だ。

「あの、これは？」

「マール様の控え用です」

なるほど。

なんか、複写技術が欲しいと思ってしまった。

やがて、書類を書き終える。

すると最後に、冒険者の登録をした時のような、水晶みたいな透明な魔法石が用意される。

「こちらに、冒険者印を出しながら、手をかざしてください」

「手を？」

「はい。そして、ご自身の名前とパーティーメンバーの名前を、おっしゃってください。印の魔力紋と音声が、この魔法石に登録されます。ご帰還時の本人確認にもなります」

へ〜。

僕は頷き、右手に意識を集中した。

「…………」

「…………」

出ない……く、くそぉ。

グルグル
腕を回し始めた僕に、ギルド職員のお姉さんは怪訝な顔だ。うぅ、見ないでください……。

ポゥ
やがて、冒険者印が輝き、

「あぁ」

お姉さんは、納得した顔と、とても生暖かい目をこちらに向けた。

しくしく。

気を取り直し、僕は、魔法石に赤く輝く右手をかざす。

「赤印の冒険者、マール。仲間は、キルト・アマンデス、イルティミナ・ウォン、ソルティス・ウォンの３人」

「はい、登録いたしました」

紫色のウェーブヘアを揺らして、お姉さんは頷いた。

「クエスト期日は、５日間です。どうか、お忘れなく」

「はい」

「無事の帰還を、お待ちしております。——勇気ある若き風に、祝福があらんことを」

最後にお姉さんは、とびっきりの笑顔をくれた。

（…………）

あぁ、これがギルドってことなんだ。

そう思った。

湧きあがる思いと一緒に、僕は笑った。

「行ってきます！」

同じギルドの一員として、僕は胸を張って言い、そして、３人の仲間の元へと向かった。

イルティミナさんたちは、ギルド2階のレストランで、僕を待っていた。

「みんな、お待たせ」

声をかけながら、同じテーブル席に座る。

彼女たちも、すぐに笑った。

「おかえりなさい、マール」

「おかえり～」

あれ？

銀髪（ぎんぱつ）の美女がいない。

キョロキョロする僕に、待っている間に頼んだらしいアイスを食べながら、ソルティスが教えてくれる。

「キルトは、外にいるわ」

「外？」

「ここにいたら、他の人が集まってきて、大変になっちゃうもの」

あぁ、なるほど。

（有名人ってのも、大変だ……）

納得する僕に、イルティィミナさんが言う。

「無事、受注はできましたか？」

「うん」

ちょっと緊張したけどね。

「それはよかった」

「一応、このクエストにしてみたよ」

依頼書をテーブルに置く。

『どれどれ？』と、姉妹は身を乗り出す。いやいや、ソルティスさん、スプーンを咥えたまま
は、やめなさい。はしたない。

「なるほど、ゴブリン討伐ですね」

「つまんな～。竜退治とか、もっと、すっごいのにしなさいよ？」

「……あのね」

もうソルティスは、無視だ。

「イルティィミナさん。これで、いいかな？」

「はい」

彼女は、笑った。

「自分の実力を知った上での、正しい選択です。問題ありません」

「よかった」

「それに、ちゃんと場所も考えましたね？」

「もちろん」

日帰りで行けるように。

「結構です」

イルティミナさんは、満足そうに頷いた。

どうやら、ここまでは合格を頂けたようだ。

（よかった）

安心した僕は、席を立つ。

「じゃあ、キルトさんも待たせてるし、さっそく行こう」

「はい」

「そーね」

2人も立ち上がる。

と思ったら、イルティミナさんが、僕の方に何かを差し出した。

（ん？）

白い手には、銀色の硬貨がある。

1千リド硬貨。

つまり、10万円だ。

「マール。このお金を、貴方に渡します」

「え？」

「冒険者としての心得を、覚えていますね？　まずは、これで準備をしてください」

……冒険者の心得？

（あ！　荷物の準備だ！）

一番最初に、クエストに持っていく物を選ばなきゃいけないんだ。

「このお金は、赤牙竜ガドの討伐における、マールの貢献分から用立てました。どうか遠慮なく」

「う、うん」

そんなお金を用意してくれてたのかと、びっくりだ。

でも今は、ありがたく使わせてもらおう。

「いいな～。ねぇ、少し奢ってよ？」

「…………」

スプーンを咥えながら言う、ソルティス。

まったく、この子は……。

「必要な道具は、1階の商店施設で、ほとんど手に入りますから、行ってみましょう」

「うん」

というわけで、僕らは1階に向かった。

◇◇◇◇◇◇◇

武器屋、防具屋、道具屋などがギルドの1階に並んでいる。

（へ～、色々あるなぁ）

この剣（けん）、格好（かっこ）いいな。

……でも、2千リドか。

こっちの鎧（よろい）は、軽そうだけど……うわ、5千リド!?

（う～ん、装備系は高いんだね）

まぁ、今の僕には、必要ないかな？

だって武器は、『マールの牙（きば）』がある。

防具も、イルティミナさんに買ってもらった『旅服』と『白銀の手甲（てっこう）』があるんだ。

となると、今は道具だ。

そして、それを持ち運ぶためには、

「まずはリュックかな？」

「はい」

イルティミナさんは、僕を褒めるように笑った。

「リュックは、背中への攻撃を防ぐ防具にもなりますね。金属板がついている物は丈夫ですが、重いです。今のマールなら、革製でも充分かと思います」

「そっか」

「あとは、防水性を確認してください」

そう言いながら、彼女は、道具屋の壁に並んだリュックを触る。

「雨水が沁みて、中の道具が使えなくなったら意味がありません。多少高くても、防水性だけはしっかりした物を選びましょう」

「うん」

でも、どれがいいんだろう？

彼女は、適当な１つを選んで、僕の背中に当てた。

「この辺が、いいですね」

「そう？」

「値段は５００リドですが、悪くありません」

そう言いながら、彼女は、別のリュックも手にして、

「こちらも捨てがたい。マールの茶色い髪に、とても似合いますね？」

「そ、そう」

「いや、こちらの可愛い方が……いえ、思い切って、こちらに？　それとも、ちょっと大人っぽく、これを……」

イ、イルティミナさん？

真剣なのはわかるんだけど、ちょっと趣旨が変わってるよ。

「あのさ、イルナ姉？　ちゃんとマールに選ばせないと、試験にならないわよ？」

「……はっ」

妹の突っ込みに、ようやく気づくイルティミナさん。

彼女は、しょんぼりと「す、すみません……」と下がっていった。

僕は、苦笑する。

「じゃあ、僕。イルティミナさんが、最初に選んだ物にするよ」

「は、はい……」

「何でもいいわ。キルト、待ってるんだから、早くしなよー？」

そうだったね。

僕は頷き、ささっとリュックを購入する。

そして、他のお店にも足を運んで、必要だと思える物を買い込んでいった。

まず携帯食。

日帰りだけど、もしもを考えて、２日分。

毛布。

これも、もしもの野宿のため。

ロープ。

何かに使えるかも？

２リオンの水筒。

もちろん、まだ水は入ってないよ。


薬と包帯。

怪我の治療のため。

薬は、『癒しの霊水』みたいな魔法の品ではなく、ただの軟膏。

ちなみに、『癒しの霊水』もお店で売ってたけど、２００ミリリットルぐらいの小瓶でも、１０００リド（10万円）もするみたい……お高い薬だったんだね。

（確かに、竜車酔いで飲む金額じゃないなぁ……）

あとは、魔法石。

火の魔石を、３つ。

水の魔石を、５つ。

風の魔石を、２つ。

とりあえず、安かったので、これだけ買ってみた。

「照明は、いらないかな？」

「いえ、ゴブリンは、洞窟に巣をつくることもあります。また討伐が長引けば、夜になる可能性もありますよ？」

「あ、そっか」

じゃあ、ランタンも追加。

そして、燃料の油も。

僕の買い物を眺めていたソルティスが、口を挟む。

「あのさ、ちゃんと荷物がリュックに収まるか、確認しなよ？」

「あ、うん」

「あと、重さも。10時間以上、背負って歩くこともあるんだからね？」

なるほど。

アドバイスに従って、試しておく。

（うん、ちゃんと入るね）

リュックには、まだ余裕もありそうだ。

でも、重さは、

（……これ以上は、やめた方がいいかな？）

と思った。

正直、そこまで重くない。

だけど、これから行くのは、戦場なんだ。

単純な登山とは違う。

全力で走ったり、戦ったりすることを想像したら、これ以上は、僕の体力だと厳しい気がした。

（持っていくのは、この荷物だけで、問題ないかな？）

もう一度、確認する。

あ……。

「発光信号弾を忘れてた！」

慌てて購入する。

イルティミナさんが『うんうん』と愛弟子を見る目で笑って、何度も頷いていた。

――そうして、僕の買い物は終わった。

「……遅かったの」

来た時と同じように、玄関の白い壁に寄りかかって待っていたキルトさんは、ちょっと不満そうだった。

「ごめんなさい」

「ふむ？」

謝る僕の背中に、黄金の瞳は、真新しいリュックを見つける。

キルトさんは、苦笑した。

「なるほどの。そういうことか」

「うん」

「ならば、仕方がないの。荷物の確認は、時間をかけて、じっくりとやるべきことじゃ」

ポンポン

白い手が、僕の頭を軽く叩く。

そして、彼女は1歩下がって、僕の全身を上から下まで眺める。

太陽の光に銀色の髪を煌(きら)めかせ、キルトさんは、大きく頷いた。

「うむ。そなたの格好も、なかなか、一端(いっぱし)の冒険者らしくなったの」

「…………」

あはっ。

なんか嬉しいな。

僕は照れながら、みんなを見る。

キルトさんの横には、あの大きなサンドバッグみたいな皮袋(かわぶくろ)が置いてある。イルティミナさんの背中には、あの大型リュックが、ソルティスも、小ぶりなリュックを背負っている。

(なんか、ようやく仲間って感じ……)

もちろん、まだ試験中だけど。

でも、今の僕は、同行者でもなく、ただの足手まといでもない、と思えた。

3人も僕を見ていた。

そして、キルトさんが言う。

「では、我らが若きリーダー殿(どの)？　そろそろ、参らぬか？」

「うん」

僕は、大きく息を吸う。

「じゃあ、ディオル遺跡近くの森へ、ゴブリン討伐に出発します！」

「はい！」

「うむ」

「おー！」

僕らの声が、青い空へと木霊する。

大きく拳を突き上げて、やがて僕ら４人は、王都からディオル遺跡へと向かう馬車に乗り込んだのだった——。

第十三章　「閃け、マールの剣！」

王都ムーリアを出発してから3時間、僕らは、ディオル遺跡近くの街道で、馬車を降りた。

（やっと着いたぁ）

揺れない地面に足を着き、僕は大きく伸びをして、固まった身体をほぐす。

周囲に広がっているのは、緑の草原だ。

大荒れの海のように起伏が大きくて、所々に10～30メートルぐらいの高さの岩が生えている。

村も街もない。

本当に、街道の途中である。

（あ、森だ）

ここから坂のような草原を下ったずっと先に、濃い緑色の木々が密集している。

「あそこね？」

隣に来たソルティスが、風になびく紫色の髪を押さえながら呟いた。

僕は、頷く。

「うん、きっと」

あそこに、ゴブリンたちがいる。

僕らが殺さなければいけない魔物たちが、あの森の中に潜んでいるんだ。

（やるぞ、マール）

覚悟と共に、右手を握りしめる。

ソルティスは、そんな僕の横顔を見つめて、「ふぅん？」と妙に感心した顔で呟いた。

僕らが短い会話をしている間、イルティィミナさんは、馬車から大型リュックやサンドバッグみたいな皮袋を下ろし、キルトさんは御者さんに支払いをしていた。馬車は、いったん近くの村で待機し、６時間後にもう一度、この場所まで来てもらう手筈になっている。

僕は、視線を巡らせる。

（……ん？）

森があるのとは違う方向、起伏のある草原の中腹に、小さな建物が見えた。

石造りの古い建物だ。

風化して一部は壊れ、半分以上が、地面の下に埋まっている。

「ね、ソルティス？　もしかして、あれがディオル遺跡かな？」

「ん？」

僕の指差す先を、彼女も見る。

「あぁ、そうかもね」

やっぱり。

「じゃあ、あそこにアスベルさんたちがいるんだ」

「アスベルたち、探索だっけ？」

「うん」

彼に、僕のクエストを選ぶ手伝いをしてもらったことは、馬車の中で話してある。

もちろん、リュタさんやガリオンさんとの一幕は、言ってないけど。

「でも、あの遺跡、小さいね」

僕は、正直に思ったことを言ってみた。

あの遺跡は、小さな神殿みたいだ。

探索なんて、すぐ終わってしまう気がする。

ソルティスは、肩を竦めた。

「見える部分はね。でも、ディオル遺跡は、地下に3階層ぐらい広がってたはずよ」

「地下？」

「そ。遺跡自体は、50年前から見つかってる。でも、先月、4階層目への隠し通路が見つかったのよ」

「へぇ？」

じゃあ、アスベルさんたちは、その4階層を探索してるのかな？

「一応、王国の『魔学者』たちが、そこを調べる予定。アスベルたちは、その前に、危険な罠や魔物がいないかを調べたり、それらを排除するのが目的ね」

「なるほどね」

「ま、アスベルたちも青印だし、そんな危険もないと思うけど」

ふぅん。

(でも地下ダンジョンか。……いつか行ってみたいな)

冒険者としての血が騒いでしまう。

コツン
「イタッ？」

後頭部を、ソルティスの大杖で殴られた。

「マールさ？　他人のクエストはいいから、まず自分のクエストに集中しなさいよ」

「あ」

「さっきはいい顔してたのに、これで減点ね」

…………。

そうだった。

(僕は今、試験中だった)

集中しろ、マール。

「ん」

僕の変わっていく表情を見て、満足そうに頷くソルティス。

イルティミナさんとキルトさんも、馬車が立ち去って、こちらへとやって来る。

「お待たせしました」

「2人とも、どうかしたか？」

「ううん」

「別に」

僕らは、首を振る。

そして僕は、大きく深呼吸して、覚悟を決めて言った。

「じゃあ、みんな行こう」

「はい」

「うむ」

「はいよ」

3人は頷き、そして僕らは4人揃って、草原の先にある森へと歩きだした。

——さぁ、ここからが本番だ。

◇◇◇◇◇◇

森の中を、僕が先頭になって歩いていく。

（え〜と……太陽の位置は？）

時々、木々の隙間から、方角を知るために確認する。

これを怠ると、迷子になる。

アルドリア大森林で暮らしていた頃も、同じように塔を目印にして、森を歩いたっけ。ちょっと懐かしいな。

「ふむ」

「ちゃんとやっていますね」

「ちぇ～」

後ろから、２人の感心した声と、１人の残念そうな声がする。

……いや、ソルティスさん？

（それにしても、こう見られてると緊張するなぁ）

まるで見張られている気分だ。

試験なんだから、仕方ないんだけどね。

ま、気にしないようにしよう。

（よし、集中集中！）

植物の匂いが充満する世界を、僕は、ゆっくりと歩いていく。

と――そこに別の匂いが混じった。

「水の匂いだ」

後ろの３人は、顔を見合わせる。

「わかるか?」

「いえ」

「ぜ~んぜん」

いや、本当だって。

「ですが、マールは前にも、同じようにして川を見つけましたので」

「ほう?」

「……マジで?」

イルティミナさん以外は、半信半疑みたいだけど、僕は構わず歩いていく。

草木を分けながら、5分ほど進む。

やがて、背の高い草を分けた先、僕らの目の前に大きな池が現れた。

「本当にあったの」

「……マールって、犬じゃないの?」

2人は驚(おどろ)いた顔だ。

イルティミナさんだけ、「さすがマール」と満足そうに頷いている。

それは、長さ30メートルほどのひょうたん型の池だった。

水の透明度(とうめいど)は、とても高い。

その水の中を、たくさんの魚が泳いでいるのがわかる。中には、1~2メートルはある大物もいた。

（うん。この水なら、間違いなく飲み水になるし、魚も取れる）

僕は、池の周りをゆっくり歩く。

それこそ、赤ちゃんがハイハイするような速度で、だ。

絶対、痕跡を見逃さないぞ。

「ふむ。わらわは、反対周りで調べよう」

「え？」

いいの？

僕の試験なのに？

驚く僕に、キルトさんは笑った。

「全てを、そなた1人にやらせる気はない。言ったであろう、『サポート役に徹する』と」

「う、うん」

「やらせたいことがあるなら、我らに命じよ。なんでもしようぞ」

なんでも……命じていいの？

年上の美女に、そんな風に言われると、ちょっとドキッとする。

（いやいや、こんな時に）

自分を叱って、気を取り直す。

「じゃあ、お願いします。ソルも、キルトさんと一緒に行ってくれる？」

「はいよ」

彼女も、素直に応じてくれる。

（ま、大丈夫だと思うけど、やっぱりツーマンセルの方がいいよね？）

イルティミナさんは、ちょっと嬉しそうに笑った。

「では、私は、マールとですね？」

「うん」

「フフッ……2人きりですね」

………。


やめて、意識しちゃうから！

赤くなりそうな頬を、パンパンと叩く。集中、集中！

そうして二手に分かれ、僕らは、池の周りを歩いていく。

そして、痕跡はすぐに見つかった。

「あ……これ、足跡？」

水を含んだ柔らかい土に、小さく凹んだ跡がある。

イルティミナさんが頷いた。

「間違いありませんね、ゴブリンの足跡です」

「やっぱり」

彼女は顔を上げ、唇に白い指を当てた。

ピューイ

鳥の鳴き声みたいな口笛の音。

多分、大声を出したら、ゴブリンに気づかれるからだろう。

やがて、キルトさんたちがやって来る。

「マールが、痕跡を見つけました」

「そうか」

「ちぇ～」

だから、なんで残念そうなのかな、ソルティス君？

小さな足跡は、木々の向こうへと続いている。その部分の草が折れて、やっぱり獣道（けものみち）みたいになっている。

（この先に、ゴブリンがいる）

落ち着け、マール。

自分に言い聞かせ、僕は深呼吸する。

そして、空を見た。

「…………」

雲が流れている。

「何やってんの、マール？　早く行きましょ」

ソルティスが急（せ）かす。

「うん。でも、ちょっと待って」

僕は、自分の指を、口に咥えた。

すぐに出す。

唖然とするソルティスの前で、僕は、濡れた指を空に向けた。指の前方がヒンヤリする。

「よかった、こっちが風下だ」

「あ……」

少女は、ハッとする。

風下ならば、こちらの存在を、ゴブリンに臭いで察知される可能性は少ない。

年上の魔狩人2人は、頷いた。

「ふむ、冷静じゃな」

「むしろ、ソルの方が気づかなければいけませんね」

「……うぐぐ」

悔しそうなソルティス。

でも僕は、そんなことを気にする暇はなかった。

「行きます」

緊張感を込めて、口にする。

3人も表情を改めた。

大きく頷く。

それを確認して、僕は、獣道の奥へと、ゆっくり足を踏み入れていった――。

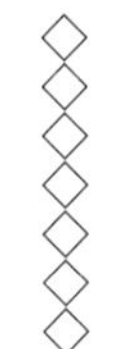

10分ほどして、僕は足を止めた。

「どうしました？」

「血の臭い」

イルティミナさんに、僕は短く答える。

この森の先から、鉄のような血の臭いがただよってくる。

後ろの3人が、顔を見合わせた。

「わかるか？」

「いえ」

「……また、犬マールね」

より慎重（しんちょう）に獣道を進んでいくと、ようやく3人もわかったようだ。

表情が、魔狩人のそれになっている。

（あの木の奥だ）

僕は、しゃがんだ。

それこそ犬のように四つん這いになり、草に隠れながら、木の奥が見える位置へと近づいていく。

３人には、手で『そこで待ってて』と伝える。

そして、最後の草を分けた先に、

（――いた）

ゴブリンだ。

赤褐色の肌をした小人鬼たち。

数は、５匹。

奴らの手には、毛玉ウサギの死体があって、その手足を引き千切り、血の滴るソレを生のまま口にしている。

こっちに気づいている様子はない。

手前の木に寄りかかっているのが、１匹。

奥の地面に座っているのが、３匹。

岩に座っているのが、１匹。

（……よし、位置は覚えた）

僕は、音を立てないように注意して、３人の元に戻った。

見たままを、報告する。

「ゴブリン、５匹いた。食事に夢中で、こっちには気づいてないよ」

「そうか」
「どうします？」
「決めるのは、マールでしょ？」
僕に視線が集まる。
しばし考える。
（なんだろう、この感覚？）
口や手を血に染めるゴブリンたちを見ても、まるで怖くなかった。
むしろ、
（ゴブリンって、あんなに小さかったっけ？）
と驚いている。
前に見た時と、大きさは変わっていないはずだ。でも、印象が違う。
そして、妙な確信があった。
（——多分、僕は勝てる）
5匹のゴブリンに。
それが錯覚かは、わからない。
でも、わからないからこそ、試そう。
これは試験だ。
僕自身も、自分を試してやろうじゃないか、うん。

――覚悟は、決まった。

「まずは僕1人で、仕掛けます」

僕の宣言に、3人は驚いた顔をする。

「キルトさんとソルティスは、ここで待機しててください。万が一の時は、援護を頼みます」

「ふむ」

「わかったわ」

「イルティミナさんは、反対側に回り込んでください。ただし、風上にまで回らないよう気をつけて。もしゴブリンが逃げようとしたら、それを仕留めてください」

「承知しました」

3人とも、僕の作戦に反論はしなかった。

きっと見極める気だ。

僕のことを。

「じゃあ、始めましょう」

そして、僕らは動き出した。

イルティミナさんが音もなく、草木の向こうに姿を消していく。キルトさんとソルティスを残して、僕も、また犬の姿勢で、イルティミナさんの消えた方とは反対側から接近する。

1番近いのは、木に寄りかかるゴブリンだ。

(……落ち着け)

僕は、長く長く、息を吐いた。

……前回の失敗を、覚えている。

何もできなかった。

だから、その理由を、今日まで一生懸命考えた。

（理由は、２つだ）

１つ目は、僕の視野が狭かったこと。

あの時の僕は、ただ目の前にいるゴブリンしか見ていなかった。だから、横から別のゴブリンに襲われて、危ない場面があった。

（もっと全体の状況を見る）

今回は、目の前にいるゴブリン以外の位置や動きも、しっかりと把握しておくんだ。

そして理由の２つ目。

それは、イルティミナさんの言うことを、素直に聞こうとし過ぎたことだ。

『死角は作らず、１対１の状況を作る』

これ。

もちろん彼女のアドバイスは、間違っていない。

ただ僕は、それを守ることに固執して、状況をまるで見ていなかった。

目的は、『ゴブリンを倒すこと』だ。

彼女のアドバイスは、その手段でしかない。

なのに僕は、それを忘れて、『手段』を『目的』として動いてしまった。

意味もなく木を背にして、ゴブリンたちに遠くから石を投げられ、それを防ぐために自分で死角を作って、そこを襲われ、もう少しで殺されかけた。

(もう……履き違えない)

あのアドバイスは、あくまで手段。

目的は、『ゴブリンを倒す』こと。

心の中に、刻み込む。

大丈夫。

僕はもう、あの時とは違う。

キルトさんに鍛えられたおかげか、身体が軽い。そして、戦い方のイメージが次々に湧いてくる。

「……よし」

口の中だけで呟く。

——そして僕は、『マールの牙』の柄を握り、隠れていた草むらから飛び出した。

タンッ
1歩、木の横に踏み込む。

同時に抜刀した刃で、そこに寄りかかっていたゴブリンの首を撫でた。

シュッ

『ギ？』

赤褐色の肌が斬れ、頸動脈から噴き出した紫の血が、木の幹や草むらに降り注ぐ。

ゴブリンはキョトンとしたまま、失血で意識を失い、そのまま地面に倒れた――その瞬間には、僕はもう、次のゴブリンに向かっている。

狙いは、地面に座っている3体。

1体の後ろに到着した瞬間、その首を刃で撫でる。

『……アギ？』

噴水のように飛び散る鮮血。

それは、他の2体のゴブリンにも降りかかり、彼らはようやく僕に気づいた。

『ギギッ⁉』

『グヒャア！』

驚きと怒りを混ぜながら、その手に剣と棍棒を持って、立ち上がる。

ドカッ

僕は、首を斬られたゴブリンの死体を、思いっきり蹴飛ばす。

『ギャゴッ⁉』

それは片方のゴブリンにぶつかり、そのバランスを崩して転倒させる。

（これで1対1だ！）

アドバイスを工夫して、別の手段にした。

そして僕は、残ったゴブリンに襲いかかり、そのゴブリンは迎え撃とうと大きく剣を振り上げる。でも、その構えは、キルトさんの動きに比べて、あまりに遅く、そして隙が大きい。

（胴が、がら空きだ）

僕は、そこ目がけて、短剣を走らせる——つもりだったが、やめた。

ブォン
転倒していたゴブリンが、僕めがけて、持っていた棍棒を投げつけたのだ。

（見えてるよ！）

止まって回避した僕は、つい笑った。

そんな僕めがけ、正面のゴブリンが雄叫びを上げながら、剣を振り下ろす。

『ギヒャア！』

ブンッ
僕は身をかわしながら、その手首の進路上に『マールの牙』を置いた。

ガシュッ
重い衝撃があった。

そして、剣を掴んでままのゴブリンの両手が、空中へと飛んでいた。

『ヒギャ……？　ヒギャ、ヒギャアアア⁉』

唖然とし、そして、激痛に叫ぶゴブリン。

トスッ

僕は、その首に『マールの牙』を刺した。

止まるゴブリン。

僕は、刃を抜く。

すぐに紫の血が噴き出して、ゴブリンは泣きそうな顔で、そのまま仰向けに倒れて、動かなくなった。

『ヒ……ギ……？』

転倒していたゴブリンは、青ざめていた。

覆いかぶさっていた仲間の死体を、慌ててどかし、情けない悲鳴を上げながら逃げようとする。

ヒュッ

追いかけた僕は、その首に『マールの牙』で触れる。

逃げるゴブリンは、その逃げた距離の分だけ、首を斬られてしまった。

ブシュゥウウ

紫色の血が噴き出す。

その状態のまま、ゴブリンは、しばらく走った。走って、走りながら斜めになって、そのまま地面にゴロゴロと転がった。

（――ラスト1体）

僕は、そちらを見る。

岩に座っていたゴブリンは、すでにこちらに背を向け、逃げる体勢になっていた。

僕は、『マールの牙』を逆手に持ち替えて、大きく振り被る。

「ん！」

ビュッ　ドスッ

投げた片刃の短剣は、ゴブリンの背中に突き刺さる。

『ギ、ギャア⁉』

堪らず転倒するゴブリン。

僕は、素早く近づいて、ゴブリンの背中に刺さったままの柄を掴み、一気に引き抜く。

ブシュウ

血が出る。

重傷だ。

でも、まだ致命傷ではないらしい。

ヒュン

キルトさんの動きを思い出して、僕は、独楽のように回転しながら、その頸動脈を斬った。

僕を追いかけて、旅服の裾が空中を舞い、ゆっくりと止まって落ちる。

森の中に、静けさが戻る。

「……ふぅ」

ゴブリンは5匹とも、死んだ。

——僕が、殺した。

ふと見れば、紫の血に濡れた刃が、小刻みに揺れている。

（……今更、手が震えるんだ？）

情けない自分に、苦笑する。

ガサッ

「!?」

草の揺れる音に、ビクッとしてしまった。

慌てて顔を上げると、そこには、白い槍を手にしたイルティミナさんが立っていた。どうやら、逃げようとしたゴブリンを、頼んだ通りに、彼女も狙っていたみたいだ。

「マール……」

彼女は、呆然とした顔で、僕を見つめている。

僕は、笑った。

……なんでだろう？

彼女の顔を見たら、なんだか必死に踏ん張っていた緊張感が、プツッと切れてしまったみたいだ。

（なんか……泣いて、しまいたい……）

僕の表情に、彼女は息を呑む。

そして、すぐに近づいて、僕を抱きしめた。

抱きしめながら、僕の強張った指を1本1本、ゆっくりと外して、血に塗れた『マールの牙』を、僕の手から引き剥がす。

(……あぁ)

僕は、力を抜いて、彼女の胸に頭を預けた。

その髪を、白い手が撫でる。

「――よくがんばりました、マール。見事です」

凛として落ち着いた、でも、優しい声だ。

僕は、頷く。

「うん」

がんばったよ。

これからも、みんなと一緒にいたいから、必死にがんばったんだ。

まだクエストは終わりじゃないけれど、

(でも、少しぐらい、自分を褒めてもいいよね？)

そう思った。

気づいたら、キルトさんとソルティスも、草をかき分け、こちらにやって来ようとしていた。

2人とも歩きながら、ゴブリンの死体を、驚いたように見ている。

「まさか、あのマールが……1人で？」

「嘘（うそ）みたい……」

キルトさんは黄金の瞳（ひとみ）を見開いて、有り得ないものを見たように呟き、ソルティスは信じたくないという風に、紫色の髪を揺らして首を振っている。

僕は苦笑し、頭上を仰（あお）ぐ。

木々の向こうに、とても綺麗（きれい）な青空が、どこまでも広がっている。

「ふぅぅ」

その青さが沁（し）みたように、僕は目を閉じる。

そして、胸に溜（た）まった何かを抜くように、長い息をゆっくりと吐きだした——。

第十四章「ゴブリンの巣」

5体のゴブリンを倒した僕らは、そのまま森の探索を続行した。

まだクエストは、終わりじゃない。

（油断するな、マール）

自分に言い聞かせながら、周囲の気配に神経を張り巡らせて、草木を分けていく。

と、

「マール」

ん？

後ろから、キルトさんに声をかけられた。

「そなた、ゴブリンを倒した剣の動き、どこで覚えた？」

「え？」

思わず、振り返る。

師匠であるキルトさんは、とても不思議そうな様子だった。

よく見たら、姉妹も興味深そうに、こちらを見ている。

僕は、びっくりしながら、正直に答えた。

「どこって、キルトさんに教わって」

「……何？」

「ずっと見せてくれてたよね、僕に。……剣を振る姿を」

３人は、なぜか唖然とした。

（う……あんまり下手だから、呆れられたかな？）

ちょっと落ち込む。

でも、イルティミナさんが焦ったように言う。

「まさか……では、マールは見ただけで、キルトの剣の動きを覚えたと？」

「う、うん」

…………。

なんだろう？

みんな、黙ってしまった。

ソルティスが、複雑そうに唇を尖らせる。

「な、何よ……ただのまぐれでしょ？」

「…………」

「まぐれで、１人の子供が、ゴブリン５体を倒せると思いますか？」

「……だ、だって……」

姉の言葉に、妹もまた黙る。

キルトさんが、白い指を形の良いあごに当てて、「ふぅむ」と唸る。

「どうやら、マールの剣才は、我らの想像以上のようじゃな」

「…………」

「…………」

「本格的に剣を教えたら、どの領域まで届くのか……フフッ、とても楽しみであるの」

師匠は、なんだか子供みたいに笑う。

ソルティスは「……マールのくせに」と不服そうに僕を睨み、イルティミナさんは「さすが、私のマールです」と嬉しそうに笑って、大きく頷く。

(みんな、大袈裟だなぁ)

少々困りながら、僕は、小さな手で目の前の草を払う。

「ほら、もう行くよ?」

「うむ」

「はい」

「……私は、まだ認めないもん」

そんな3人を後ろに率いて、僕らは、森の探索を再開した——。

5体のゴブリンのいた場所からも、獣道は続いている。

しばらく、そこを進んでいくと、

（ん？）

また臭いがした。

僕は足を止めると、手を上げて、後ろの3人にも合図をする。

彼女たちの足も、すぐに止まった。

生臭（なまぐさ）い、獣（けもの）のような臭い。

（これは……ゴブリンの臭いだ）

気づいた僕は、また犬マールになって、草に隠れながら、慎重に進んでいく。

しばらくすると、

（……いた）

ゴブリンだ。

そこは、小さな崖（がけ）になっていた。

崖には、大人が通れるほどのサイズの亀裂（きれつ）が走っている――洞窟（どうくつ）だ。

ゴブリンは、その洞窟の前に1人で立っていた。

（……見張り、かな？）

退屈そうに欠伸をするゴブリン。

周囲を注意深く見たけれど、他にゴブリンの姿は見当たらない。きっと残りのゴブリンたちは、あの洞窟の中だろう。

（つまり、あそこがゴブリンの巣だ）

ようやく見つけた。

僕は、興奮を抑えて、しばし考える。

「……よし」

右手で『マールの牙』の柄を掴み、左手で、地面に落ちている石を拾った。

拾った石を、ゴブリンの頭上を越して、反対側の森へと投げる。

コォーン
『ギ？』

木にぶつかる乾いた音がして、ゴブリンは、そちらを向いた。

（今だ！）

僕は草むらから飛び出し、背後から走って、左手でゴブリンの口を塞いだ。

ザシュッ
右手の刃で、その首を深めに斬る。

『……ッ!?』

瞬間、ゴブリンが物凄い力で暴れた。うわっ!?

弾かれた僕は、慌てて体勢を立て直し、すぐに『マールの牙』を構える。

ようやく見つけた僕に、ゴブリンは怒ったような、泣きそうな顔をして、喉を押さえた。それから洞窟の仲間のために『警告の叫び』をあげようとする。

『ツッ……ッ』

……でも、声は出ない。

僕は、彼の頸動脈だけでなく、気道も斬った。

首の傷からは、気泡混じりの血液が、ブクブクと吹き出している。

ゴブリンは、苦しげな顔で僕を睨んだ。

震える右手が、伸びてくる。

「…………」

僕は、横に避けた。

ゴブリンは、そのまま僕の前を通過して、2歩、3歩と進み、そのまま膝から崩れるようにして倒れた。地面の上に、紫の血が広がっていく。

――ゴブリンは、死んだ。

「……ふぅぅ」

僕は、大きく息を吐く。

感傷に浸る暇はなかった。

僕は、すぐにゴブリンの死体を引っ張って、洞窟からは見えない森の中へと隠す。

そして、森の中で待っていてもらった３人を呼んだ。

「ほう？　またやったか」

「さすがです、マール」

「ま、まぐれよ、まぐれ……絶対に！」

新しいゴブリンの死体を見て、３人の反応はそれぞれだ。

僕は苦笑しながら、洞窟のことも伝える。

「ふむ。それは、ゴブリンの巣じゃな」

「やっぱり」

僕は頷く。

そして僕らは、その洞窟の前へと移動した。

（……中は、真っ暗だね？）

入口から覗(のぞ)き込んで、僕は、改めて思った。

日の当たる場所だけは、辛(かろ)うじて、視界がある。でも、その先は、本当に真っ暗だ。伸ばした自分の手さえ、わからない。

「こんな中で、ゴブリン、本当に暮らしてるの？」

ちょっと疑問だ。

すると、久しぶりのイルティミナ先生が教えてくれる。

「ゴブリンには、暗視がありますから」

「暗視？」

「はい。ゴブリンだけでなく、魔物の多くは、暗視を持っています。なので魔狩人は、魔物との夜の戦闘を、あまり好みません。もちろん、避けられない場合もあるのですけれど」

そうなんだ？

魔物は、暗視ができる――うん、覚えておこう。

頷く僕。

その後ろを通って、ソルティスが洞窟の入り口に近づき、その左右の壁に、あの長い大杖を伸ばした。

コン　コン
先端を軽く当て、難しい顔をする。

「ふぅん？　ちょっと狭いわね」

確かに。

この洞窟、狭くて、横に2人並ぶこともできない。

（これじゃ中で、タナトス魔法文字を描くのも、無理そうだよね）

キルトさんも頷く。

「奥は、広いかもしれぬがな。しかし、狭い通路がどこまで続いているかは、わからぬ」

「じゃあ、どうする？」

少女の視線は、僕を見ていた。

「ここでも、マールを先頭にしたら、さすがに死んじゃうと思うわ」

「ふむ」

うん……そうだよね。

ここで戦闘になったら、1対1の状況になる。

そして、それに勝っても、倒したゴブリンの向こうから、新しいゴブリンが次から次に襲ってくるんだ。

（……きっと全滅（ぜんめつ）させるまで、終わらない）

正直、僕は、途中（とちゅう）で力尽（ちからつ）きる。

イルティミナさんが、僕の肩（かた）に、優しく白い手を置いた。

「ならば、ここは、私が参りましょう」

「イルティミナさん……」

「リーダーは貴方（あなた）です、マール。どうか、命じてください。そうすれば、私は貴方のために戦ってみせますよ？」

頼もしく、凛とした表情だ。

………。

でも僕は、素直に「うん」と言えなかった。

イルティミナさんが強いのは、わかっている。きっと彼女なら、ゴブリンなんて物の数ではないんだろう。

だけど、

（理屈じゃなくて、感情で嫌だ……）

大好きな人に、危険な役目を押しつけるなんて、男として、やっぱり抵抗がある。

それに――これは、僕の試験だ。

ここで逃げたら、３人が許しても、僕が自分を認められない。

「…………」

３人とも、僕を見ていた。

リーダーである僕の決断を、待っていた。

（……どうする？）

僕は考える。

洞窟の中に先頭で入るのは、僕か、イルティミナさんか……それとも、他に方法が？

あぁ、せめて外なら、一緒に戦えるのに。

……ん？

（……洞窟の外、なら？）

そうか。

ふと思いついた。

その閃いた作戦を、頭の中でシミュレーションする。

……うん。

「きっと、これならいけるかも！」

表情を輝かせる僕に、3人は、キョトンとした表情を浮かべた。

地面に座った僕は、リュックの中から荷物を取り出す。
ロープ。
火の魔石。
ランタンの燃料油。
（うん、これで行けるはず）
僕の手元を、3人は、興味深そうに覗き込む。
「これを、どうされるのですか？」
「うん、まずはね」
言いながら、僕はロープを手にして、洞窟近くの木の根元にしっかりと結びつけた。
そのままロープの反対側を持って、洞窟の前を通る。
（高さは、このぐらいかな？）

僕の脛ぐらいに合わせて、ロープをピンッと張りながら、また近くの木にしっかりと結びつける。

ギュウ

これでよし。

試しに、ロープに触ってみる。

うん、固い棒みたいだ。

自分の仕事に満足して、僕は笑いながら、パンパンと手を払う。

そして、３人を振り返った。

「みんな、落ち葉や枯れ枝を集めるの、手伝ってくれる？」

「ふむ？」

「わかりました」

「ま、いいわ」

彼女たちは、快く了承してくれる。

そして僕らは、森の中から、燃やせそうな乾燥した葉や枝を集めて、洞窟の入り口から少し入った地面に、それらを積み重ねた。

うん、要するに焚き火の準備だ。

さすがにここまで来ると、彼女たちも、僕の意図に気づく。

「なるほどの」

「そういうことでしたか」

「ふぅん？　マールのくせに、やるじゃない」

あはは。

まだ上手くいくかはわからないけれど、アイディア自体は悪くないみたいだね？

そして僕は、枯れ枝と落ち葉の山に、燃料油を垂らす。

ポタポタ
（こんなものかな？）

最後に、その真ん中に、赤いビー玉のような魔法石――『火の魔石』を置いた。

ピトッ
幼い人差し指を、その赤い輝きに押しつける。

この5日間、ソルティスと一緒にやったように呼吸を整えて、指先にお湯が集まるイメージで、魔力を集め、そのまま火の魔石へと流し込む。

ボワンッ
（うわっ⁉）

赤い魔石を包むように、炎が溢れた。

でも、思った以上の高火力！

ライターの火ぐらいかと思ったら、普通に30センチぐらいの火柱が発生してた。

炎は、あっという間に燃料油に引火して、更に、集めた枯れ枝や落ち葉を燃やしていく。揺らめく赤い輝きと共に、真っ黒な煙がモクモクと噴き出していく。黒い煙は、そのまま洞窟の天井にぶつかって、広がっていった。

（うっ、目に染みる……っ）

口と鼻を押さえて、僕は慌てて、洞窟の外に出た。

「大丈夫ですか、マール？」

「う、うん」

涙目の僕を、イルティイミナさんが心配そうに出迎えてくれる。

キルトさんとソルティスは、洞窟内で揺れる焚き火の炎と、その黒い煙を眺めていた。

「ふむ。どうやら、成功しそうじゃの」

「そうね」

僕も振り返る。

黒い煙は、一部は、空へと逃げていく。

でも、その大半は、真っ暗な洞窟の奥へと、音もなく流れ込んでいた。

（うん、狙い通りだ）

やがて、洞窟内に煙は充満し、中にいるゴブリンたちは、慌てて外へと逃げ出してくるだろう。

「じゃあ、少し待とうか」

「はい」

「うむ」

「はいよー」

僕らは、呼吸を整えながら、その時が来るのを待ち続けた。

◇◇◇◇◇◇◇

「マール、来ました」

突然、イルティミナさんに肩を触られ、そう教えられた。

え？

見れば、座っていたキルトさんも、大剣を手にして立ち上がっている。

（2人とも、どうしてわかるのかな？）

不思議に思いながら、僕も立つ。

その表情に気づいて、イルティミナさんが笑った。

「振動です。指を地面に触れさせておくと、足音が伝わってくるのですよ」

「へ～？」

そうなんだ？

うん、今度、実践してみよう。

そんな呑気な会話をする僕らに向けて、ソルティスが『しーっ』と唇に幼い指を当てて、怒った顔をしていた。

あ、ごめんごめん。

気を取り直して、僕らは、洞窟脇で息を潜める。

洞窟は、もう真っ黒だ。

入り口付近まで、完全に黒い煙に包まれている。

やがて、
タッ　タタッ　タタタッ……

軽い複数の足音が近づいてくるのが、僕の耳にも聞こえてきた。

「…………」

僕ら4人は、視線を交わす。

そして僕は、『マールの牙』を、ゆっくりと鞘から抜いた。

3人も、それぞれの武器を構える。

咳き込む音。

喚く声。

反響するそれらは、すぐそこだ。

そして――ついに闇の奥から、赤褐色の魔物たちが飛び出してきた。

涙目で、咳き込みながら走るゴブリンたち。

その1体の足が、

ビンッ

『ギヒャ？』

入口に張ったロープに引っかかって、盛大に転んだ。

続けて、もう1体。

更に奥から、もう2体。

ビンッ　ビビンッ

次々に、ロープの罠で転倒していく。

（今だ！）

ヒュッ

一番近くのゴブリンの首を、『マールの牙』の鋭い刃で撫でる。

『ヒギッ!?』

ゴブリンは驚き、紫の血が溢れる首を押さえ、慌てて立ち上がる。

僕と目が合った。

でも、その目から光が消えて、すぐによろめき、地面に倒れて動かなくなった。

「………」

僕は、振り返る。

トス　トス　バキィン

イルティミナさんの白い槍が、霞むような速さで、２体のゴブリンの心臓を正確に貫いていた。キルトさんの雷の大剣は、１体のゴブリンの頭蓋を砕き、吹き飛ばしている。

相変わらず、２人とも強い。

見ている僕に気づいて、イルティミナさんは、優しく笑う。

「また倒しましたね。さすがです、マール」

「うん」

褒められて、ちょっと照れる。

と、魔法使いの少女がこちらにやって来て、倒れているゴブリンたちの足を掴んだ。

（ん？）

何をするのかと思ったら、

ポォ～ン

ゴブリンたちの死体を、まるで軽い荷物でも投げるように、森へと放り込んだ。

「死体があると邪魔になるでしょ？　私がどかすから、マールは戦いに集中して」

「あ、うん」

驚く僕に、そう言った。

そして、残る３つの死体も、すぐに森に飛んだ。

洞窟を見ていたキルトさんが、警告する。

「ふむ、次が来るぞ」

「ん」

僕は頷いた。

『マールの牙』を構えて、また待ち受ける。

それから、ゴブリンたちは次々に、洞窟から姿を現した。

ヒュッ
そのたびに、僕は、ロープの罠で転んだゴブリンたちの首を、『マールの牙』で撫でていく。

2人の魔狩人も、淡々と彼らを殺す。

魔法使いの少女は、そうして生まれる死体を片づける。

——まるで、流れ作業だ。

（……感覚が、麻痺してきたかも？）

殺すことに抵抗がなくなる自分を、自覚する。

でも、それを深く考える前に、新しいゴブリンが目の前に現れて、僕はそれに刃を振るった。

……………。

どのくらい、戦ったのか？

20体から、数えるのはやめていた。

そして気づいたら、ゴブリンは、出てこなくなった。

「…………」

焚き火も消えて、もう黒い煙の発生も止まっている。

洞窟の煙も、少し薄らいでいる。

イルティミナさんが、真紅の瞳を細めて、洞窟内を見つめながら言う。

「……全滅させましたかね？」

「ふむ」

キルトさんも、判断がつかない顔だ。

警戒して、僕らは10分ほど待った。

でも、変化はない。

キルトさんは、ついに構えていた大剣を背中に戻して、大きく頷いた。

「どうやら、終わったようじゃの」

「はい」

「ようやくかぁ」

姉妹は、安心したように息を吐く。

(これで……終わり？)

呆気ない終幕に、僕は、ちょっと戸惑った。

最後の方は、戦いというにはあまりに一方的で、危険らしい危険は、1度もなかったんだ。

「…………」

血に濡れた『マールの牙』を見る。

振り返れば、ゴブリンの血に染まった大地が広がっている。森の中には、たくさんの死体が積み重なっている。麻痺するほどの血の臭いが、ここには充満していた。

全て、僕がやったことだ。

目を閉じる。

きっと、心の大切な何かを。

（……僕は、『何か』を失ったのかな？）

「マール？」

僕の様子に気づいて、イルティミナさんが声をかけてくる。

「どうかしましたか？」

「ううん」

目を開き、笑った。

「大丈夫。ちょっと疲れただけだよ」

「…………。そうですか」

心配そうに僕を見つめ、それから彼女は、その白い腕を伸ばして、僕を抱きしめる。

（わ？）

綺麗な指が、僕の髪を撫でて、

「お疲れ様でした、マール。今日は、とても見事でしたよ？」

「……う、うん」

「帰ったら、ゆっくり休みましょうね?」

いつもより優しい声だった。

……少しだけ、失った『何か』を取り戻せた気がした。

そんな僕らのことを、キルトさんもソルティスも、黙って見つめている。

何はともあれ、これでクエストも終わりだ。

(……あとは、みんなの結果待ちだね?)

そう思った時だった。


『グギギ……』


洞窟の奥から、低い唸り声がした。

「!?」

僕は、慌てててイルティミナさんから離れた。

彼女はすぐに、僕を守るように立ち、白い槍を構えている。

キルトさんも、ソルティスを庇うようにして、すでに大剣を構えていた。

そして僕らの視線の先——洞窟の裂け目から、黒い煙をまとった魔物が、ゆらりと姿を現した。

(……ゴブ、リン?)

困惑した。
姿形は、とてもゴブリンに似ていた。
でも、体格が違う。
子供みたいな大きさのゴブリンに比べて、現れた魔物は、大人と同じサイズだった。
肌は黒褐色で、筋肉も太い。
身に着ける鎧は、とても頑丈そうで、手には錆びたグレートソードがある。
明らかに、今までのゴブリンよりも強そうだ。
キルトさんが、黄金の瞳を丸くする。
「ほう？　ここには、大人鬼もいたのか」
ホブゴブリン⁉
その名前は、前世の知識で知っている。
ゴブリンよりも強く、大きな、いわゆるゴブリンの上位種だ。
「こいつが……」
僕は、息を呑む。
洞窟から現れた巨大なホブゴブリンは、黄色い眼球を僕らに向けて、
『グギャアアオ！』
威嚇するような雄叫びを上げた。

第十五章 「決闘、ホブゴブリン！」

「ふん、この群れのボスかしらね？」

ソルティスが、不敵に笑って、魔法石のついた大杖を構える。

キルトさんは、少女を背中に庇いながら、

「下がれ、ソル。こやつ、中々に雰囲気がある。名付きかもしれぬぞ？」

「ふぅん？」

金印の魔狩人に言われた少女は、素直に従う。

キルトさんの言葉通り、このホブゴブリンには、妙な『圧』がある。

（赤牙竜や、オーガほどじゃないけど……）

でも、強者の気配があった。

ホブゴブリンは、ゆっくりと視線を巡らせる。

洞窟前には、大量の血だまりがある。

そして、森の中には、彼の同胞たちの死体が、山のように積まれていた。

『……グギ、ガ』

一瞬、その目に悲しみが走った。

魔物にも、仲間の死を悲しむ心があるんだ……？

少しショックを受ける。

（いや……惑（まど）わされるな、マール）

僕は、万能（ばんのう）じゃない。

魔物は人を殺す。

僕は、人として、人を守る立場にありたい。

両方を救うなんて、できないんだ。

「…………」

迷いを断（た）つように、『マールの牙』の柄（つか）を強く握（にぎ）る。

そんな僕の前で、イルティミナさんが『白翼（はくよく）の槍（やり）』を構えながら、ゆっくりと前進していく。

「マールも下がってください。今の貴方では、まだ荷が重い相手です」

「……ううん」

僕は、槍を持つ彼女の腕を、小さな手で押さえた。

「リーダーは僕だよ？　だから、僕が戦う」

「え？」

「マ、マール？」

驚く彼女を置いて、前に出る。

「絶対に、手は出さないで」

キルトさんとソルティスも、驚いた顔をしていた。
でも、キルトさんは僕の表情を見つめて、構えていた大剣を引く。
「よかろう」
「……ち、ちょっとキルト⁉」
ソルティスは、慌てた顔だ。
「このクエストは、そなたの試験じゃ。最後まで、思うようにやってみよ」
キルトさんは、力強く言う。
姉妹は、まだ複雑そうだった。
でも、それ以上、止めることはしないでくれた。
（ありがとう、みんな）
僕は、大きく深呼吸して、ホブゴブリンの前に立った。
『ギ……？』
彼は、ゆっくりとこちらを向く。
――君の仲間を殺したのは、僕だ。
意志を込め、『マールの牙』を構える。
（……僕の作戦で、ゴブリンたちは、みんな死んだんだ）
青い瞳で、彼を見つめる。
それを受けて、ホブゴブリンの黄色い眼球に、強い敵意の炎が灯った。

『グアアッ！』

ガシャン

咆哮と共に、錆びたグレートソードの剣先が、危険な光を放ちながら、僕へと向けられる。

（さぁ、行くぞ！）

僕は意を決して、低い姿勢から地面を蹴り、巨大なホブゴブリンへと襲いかかった。

◇◇◇◇◇◇

僕の奇襲に、ホブゴブリンは驚いた顔をした。

すぐに、グレートソードを振り上げて、僕を迎撃しようとする。

（遅い！）

でも、それはキルトさんの構えと比べ、あまりに下手だ。

僕は、一瞬、左にフェイントを入れてから、右前方へとダッシュする。

ドゴォオン

狙い通り、グレートソードは、僕の左側へと落ち、大地を激しく吹き飛ばす。

（やっぱりだ）

同じ大剣使いのキルトさんと違って、彼は、剣の軌道を、途中で変化させられない。

ただの力任せだ。

ホブゴブリンの剣には、『技』がなかった。

「やっ！」

ホブゴブリンの右懐に飛び込んだ僕は、連続で『マールの牙』を振るう。

ヒュッ　ギン　ギギィン　ヒュヒュン
鮮血と火花が散る。

（ちぃ）

心の中で舌打ちした。

腕や太ももなど、一部は斬った。

でも、手首や足首など、弱点となる部位は、錆びた鎧に覆われていて、刃が弾かれてしまったんだ。

特に、一番の急所――首が遠い。

ゴブリンと違い、ホブゴブリンは大人の体格だ。

短剣が届く前に、簡単に避けられてしまう。

『グギャア！』

手傷を負わされたホブゴブリンは、怒りの声をあげ、至近距離にいる僕を、グレートソードの柄で殴ろうとする。

これは、速い！

（……くっ）

ピシッ
髪の毛を弾かれながら、辛うじてしゃがみ、回避する。

当たったら、頭蓋が割られていたかもしれない。

それぐらいの威力があった。

「離れてはいけません、マール！　その距離を保ちなさい！」

イルティミナさんが叫ぶ。

その声には、恐ろしいほどの必死さがあった。

――わかってる。

短剣と、グレートソード。

子供の僕と、大人の体格のホブゴブリン。

リーチの差は、絶望的だ。

（離れたら、勝ち目はない！）

僕は、ホブゴブリンを中心に、反時計回りを描くように、常に右側へ――つまり彼にとっては、利き手とは反対側の左に回りながら、短剣を振るう。

ヒュッ　ギギン　ヒュヒュン
またも、鮮血と火花が散る。

分厚い筋肉に覆われ、斬っても浅く、深手にならない。

(鎧って、大事なんだなぁ)

鎧がなければ、きっと僕は、もう勝てている。

こんな時だというのに、僕は、防具の重要性を、改めて認識させられた。

『グギャア！』

まとわりつく僕に、ホブゴブリンは苛立ったように、グレートソードの柄をぶつけようとしてくる。

僕は、またかわす。

「!?」

柄を掴むのは、左手のみだった。

気づいた瞬間、左腕の『白銀の手甲』を頭の横に持ち上げ――同時に、強い衝撃が走った。

ガイィン
ホブゴブリンの巨大な右拳が、そこを殴っていた。

衝撃で、腕が痺れる。

(あ、危な……っ)

とんでもない馬鹿力だ。

たたらを踏んだ僕は、すぐに体勢を立て直し、ホブゴブリンとの距離を詰める。

ホブゴブリンは、悔しそうな顔だ。

視界の隅では、イルティミナさんとソルティスが、青い顔をしていた。キルトさんも、難しい表情だ。

それほど、危機一髪だった。

（負けるもんか！）

勇気を振り絞り、僕は『マールの牙』を振るう。

ヒュン　ギィン　ヒュヒュン

浅い傷ばかりとはいえ、ホブゴブリンは血だるまだ。

でも、僕も息が切れてきた。

ホブゴブリンが失血で弱るのが先か、僕の体力がなくなり、スピードが落ちるのが先か……

我慢比べになっていた。

「はぁ、はぁ、はぁ」

ヒュッ　ヒュン

打開策がない。

ホブゴブリンも、苦しそうな顔だ。

『グギャ、ギギャアッ！』

彼ももう、グレートソードの柄だけでなく、太い腕を振り回したり、その足で蹴ろうとしたりして、少しでも間合いを広げようとしてくる。

僕も、必死に回避する。

——その時だ。
蹴りを放ったホブゴブリンが、地面に戻した足を、自身の流した血で滑らせた。
バランスが崩れる。
（首が……近いっ！）
千載一遇のチャンスに、僕は飛びついた。
「——いかん！」
キルトさんの警告と、僕が全力で短剣を突き出すのは、同時だった。
ドスッ
「……あ」
ホブゴブリンの左腕が、首を狙った短剣を受け止めた。
ニヤリと笑うホブゴブリン。
（……誘われたっ？）
気づいた僕は、慌てて、刃を抜こうとする。
でも、抜けない。
ホブゴブリンが、左腕の筋肉を引き締めて、刃を押さえ込まれていた。
『グキャア！』
グレートソードの柄が襲ってくる。
まずい。

これは、本当にまずい。

かわすには、『マールの牙』を放すしかない。でも放したら、僕は、もう戦う『牙』を失った、ただの子供だ。

ここが、生死を分ける分岐点――それを悟る。


（――――）


その瞬間、僕の中で、何かが弾けた。

同時に、僕は『マールの牙』の柄を、両手で強く掴んだ。

それを支えに、跳躍する。

タンッ
グレートソードは、僕の身体の下を、凄まじい風圧と共に通過する。

自分の身長ほどの高さに浮いた僕は、驚くホブゴブリンの顔面を、両足で思いっきり蹴り飛ばした。

ドゴッ
『アギャ⁉』

悲鳴をあげて、仰け反るホブゴブリン。

衝撃で『マールの牙』は左腕から抜け、僕は、地面に着地する。

でも、間合いが、大きく開いていた。

「いけない、マール！」

イルティミナさんの悲鳴が聞こえる。

ソルティスはその表情を強張らせ、キルトさんは、大剣を構えて、こちらに駆け出そうとする。

だけど、間に合わない。

ホブゴブリンは、鼻から血を流しながらも、怒りの形相でグレートソードを横に構え、僕めがけて横薙ぎに振るった。

ブォン

回避なんて、とてもできない。

だから僕は、

（――構えて、落とす）

いつかのように、上段に短剣を構え、それを真っ直ぐに落とした。

ギギィイン

火花が散り、『マールの牙』とグレートソードが激突した。

――そして、分厚いグレートソードが半ばから、斬れた。

風車のように回転して、金属の細長い鉄塊は、光を反射しながら空を飛び、そして、地面に突き刺さる。

「……え？」

「は？」

「な、に？」

3人の魔狩人は、驚愕し、時間が止まったように停止する。

折れてしまった自分の武器を見つめて、ホブゴブリンも、何が起こったのかわからない、という表情だ。

その動きの止まった首に、

ヒュン

僕は、返す刀で『マールの牙』を走らせた。

一拍の間。

そして、紫の鮮血が、一気に噴き出す。

「…………」

『…………』

ホブゴブリンと目が合った。

そして彼は、何かを言おうとした。

でも、その前に、その黄色い目から光が消えて、そのまま地面に、ドウッと仰向けに倒れた。

――ホブゴブリンは、死んだ。

「……ふぅぅ」

僕は、大きく息を吐いた。

軽い短剣だったからか、5日間の鍛えた成果か、僕の肉体は、最後に使った剣技にも耐えてくれた。

(よかった……)

安心したら、手足が震えた。

(あぁ……よっぽど緊張してたんだね、僕?)

そこから解放されて、なんだか力が入らなくなった僕は、その場に、ストンと座り込んでしまう。

と、

「マール!」

イルティミナさんを先頭にして、3人がこちらに駆けてきた。

そのまま、大好きな彼女に、強く抱きしめられる。

ムギュ

(わっぷ?)

「あぁ、マール、マール! お見事でした!」

歓喜の声で、僕の顔を、その柔らかな胸の谷間に挟むようにして、何度も頬ずりしてくる。

甘い匂いに包まれて、ちょっとドキドキする。

「やるではないか、マール！　我が目を疑ったぞ、こやつめ、こやつめ！」

クシャクシャ

キルトさんも、初めて見せるような興奮した笑顔で、僕の髪を乱暴に撫でた。

ち、ちょっと痛い。

「何よ、無傷の完勝だなんて、マールのくせに生意気よ!?」

バシン

ソルティスの小さな手が、僕の背中を、思いっきり引っ叩く。

でも言葉とは反対に、少女の表情は、とても嬉しそうな満面の笑顔だった。

3人の喜びように、呆気に取られる。

そして、思った。

（そっか。……僕は、みんなの信頼に応えられたんだ）

生き延びれたことに安心していて、その事実に、ようやく気づいた。

気づいた途端、震えるような喜びが湧いてくる。

「うん……うん、やったよ、僕！」

僕は、大声で叫ぶ。

3人の祝福を受けながら、笑って、勝鬨のように『マールの牙』を青い空に向かって突き上げる。

その美しい刃は、太陽の光を反射して、キラリと輝きを放った――。

第十六章 「一息ついて」

戦果は、ゴブリン31体、ホブゴブリン1体となった。

クエストの目的は『ゴブリン15体の討伐(とうばつ)』だけど、余剰分(よじようぶん)にも報奨金(ほうしょうきん)がでるらしいので、『討伐の証』である耳を、計32枚、確保する。

「ま、報奨金は安いがな」

「でも、新人には、貴重な収入でしょ？　ホブは、もう少し高いしね」

とのこと。

3人の予想だと、ホブ耳1枚で30リド、ゴブ耳16枚で160リドの報奨金になるらしいよ。

（つまり、1万9千円ぐらいかな？）

うん、ちょっと嬉しい。

そして僕は、32枚の耳を、防水袋(ぶくろ)に詰め込んで、リュックに収める。少し重たい。

そうして僕ら4人は、森をあとにした。

波打つ大海原(おおうなばら)のような草原と、そこに生える10～30メートルほどの灰色の岩たち、そこに王都に通じる街道が通っている。

僕ら4人は、その街道脇(わき)に到着(とうちゃく)した。

迎(むか)えの馬車が来るまで、予定では、あと３時間。

（思ったより早く、クエストが終わったね？）

僕らは、手頃(てごろ)な岩に腰(こし)を下ろす。

大きな岩の日陰(ひかげ)になっていて、草原を渡(わた)る風もあって、とても涼(すず)しい。

気持ちいいなぁ。

茶色い髪を揺(ゆ)らしながら、僕は、目を閉じる。

「マール」

ん？

キルトさんの声に、目を開ける。

銀髪(ぎんぱつ)の美女は、正面に座(すわ)っていた。

その左右には、あの美しい姉妹も座っている。

３人は、僕を見ていた。

「………」

その表情に気づいて、僕は、すぐに姿勢を正す。

ついに来た。

――試験の結果発表だ。

予想通り、キルトさんは言う。

「まずは労(ねぎら)おう。クエストは、無事に終わった。ご苦労じゃったな、マール」

「うん」

「そして、前もって話していた通り、ここでのそなたの成果によって、次のわらわたちのクエストに、そなたを同行させるか決める。このクエストを成功しようが、失敗しようが、その判断は別である。――それを踏まえた上で、試験結果を伝えよう」

…………。

つまり、ゴブリン討伐クエストをクリアしても、試験が合格とは限らないってこと？

（そっか）

こういう言い方をするってことは、僕は、不合格なのかもしれない。

ショックだった。

でも、精一杯、がんばったんだ。

そこは、胸を張ろう。

3人も、意地悪で言ってるんじゃない。僕の命を心配してくれているからこそ、厳しい判断をしてくれるんだから。

（でも、胸が痛いな）

その苦しさに、うつむく僕。

そして金印の魔狩人は、そんな僕へと、はっきりと告げた。

「合格じゃ」

…………。

（え？）

思わず、顔を上げる。

3人は、みんな、笑っていた。

「何、間抜けな顔してんのよ？　アンタ、合格よ」

「……ソル、ティス？」

唖然としている僕に、ソルティスが苦笑する。

キルトさんは、大きく頷いた。

「クエストの選択、荷物の準備、フィールド探索、戦闘技術、どれも問題ない。マールは充分、冒険者としての資質を備えている」

「……キルトさん」

心が、ブルッと震えた。

イルティミナさんが進み出て、僕の前に膝をつき、目線を合わせて、その白い両手で僕の手を握った。

そして、優しい微笑みで、

「よくがんばりましたね、マール。これで貴方はもう、私たちの正式な仲間の一員です」

「…………」

真紅の瞳が、僕を見つめる。

それを受けて、僕は、ちょっと泣きそうになった。

（こら！　泣くな、僕）

自分を叱（しか）る。

そんな僕に気づいて、イルティミナさんは慈母（じぼ）のように笑うと、後ろの２人から僕を隠（かく）すように、フワリと抱きしめてくれた。

「これからも、どうか、よろしくお願いしますね、マール？」

「うん……うん！」

その腕の中で、僕は、何度も頷いた。

草原を渡る風が、そんな僕らを撫でていく。

――こうして僕は、ようやく、イルティミナさんたちパーティーの正式な一員になったんだ。

◇◇◇◇◇◇◇

時刻は、だいたい2時頃（ごろ）だ。
迎えの馬車が来るまで、まだ時間があるので、僕らは、遅めの昼食を食べることにした。
パクパク　ムシャムシャ
前世でいうショートブレッドみたいな携帯食料（けいたいしょくりょう）が、物凄（ものすご）い勢いで減っていく。

「…………」

「…………」

年長の2人の魔狩人(まりゅうど)が、唖然としている。

うん、その凄まじい食いっぷりは、あの食(く)いしん坊(ぼう)少女だけじゃない。

なんと、この僕自身も、であった。

（……なんか、妙にお腹(なか)が空(す)くんだよね、最近は）

特に今日は、動いたからかな？

すでに今日のクエスト分は食べ終え、予備として用意した携帯食料にも、手を付けている僕である。

バクバク　モグモグ
ふと、隣(となり)で同じように食べている少女と目が合う。

「ふふん、マールのくせにやるじゃない？　でも、私は、誰(だれ)にも負けないわ」

「む……僕だって！」

意味もなく、早食い大会になった。

イルティミナさんが、困ったように笑う。

「2人とも、お腹を壊(こわ)さないように、どうか、ほどほどにしてくださいね？」

「うん、大丈夫(だいじょうぶ)」

「心配無用よ、イルナ姉！」

揃って答え、僕らは、また食べる。

優しいお姉さんのイルティミナさんは、頬に手を当てて、嘆息する。

キルトさんが苦笑する。

「ま、仕方あるまい」

「……キルト」

「ソルはともかくとして、今日のマールは、働きすぎじゃ。エネルギーを欲するのも、当たり前であろう」

イルティミナさんは、少し考え、

「そうですね」

と頷いた。

僕らを眺めながら、キルトさんは言う。

「正直、ここまでマールがやるとは、思っておらなんだ。クエストを受け、ゴブリンの痕跡を見つけ、斥候をし、ゴブリンたちを倒し、巣を見つけ、見事な策であぶり出して全滅させ、最後は、ホブゴブリンも倒してみせた。……わらわたちは、何をした？」

イルティミナさんも、苦笑する。

「ゴブリンを数体、倒しただけですね。それも、マールの考えたロープの罠で、転んだゴブリンを」

「ソルなど、魔法も使っておらんぞ？」

「ですね」

「……まさか、初心者の子供に、ここまでさせる気はなかったんじゃがなぁ」

キルトさん、ちょっと遠い目だ。

イルティミナさんが、僕を見ながら、ちょっと楽しそうに笑う。

「もしも私がマールと同じ子供で、しかも初心者の冒険者であったなら、マールのようなリーダーとパーティーを組みたかったでしょうね」

「ふむ、そうじゃな」

キルトさんも笑う。

（………………）

ちょっと想像してみた。

もし2人が同い年で、初心者の冒険者だったら……？

キルトさん。

銀髪をポニーテールにして、笑うと八重歯が特徴的な、元気少女かな？

大きな剣を振り回して、特攻するタイプ。

すぐ怪我して、擦り傷、斬り傷だらけで、ホッペや腕に、いつも絆創膏を貼っていそうだ。

でも、その元気で、いつも、みんなに活力を与えてくれそうだね。

次は、イルティミナさん。

深緑色の美しい髪は、肩ぐらいの長さかな？

でも、辛い過去があって、ちょっと根暗な感じ……。

だけど、とっても真面目で、長い槍を使って、前線の仲間を援護するために一生懸命がんばってくれるタイプだ。

褒められ慣れてなくて、すぐ照れる。

でも、本当に仲間思いの、とっても、とっても優しい少女なんだ。

…………。

う～ん、そんな2人と、本当に冒険してみたいなぁ。

割と本気で、そう思う。

ムグムグ
「…………」

そんな少女たちが、成長して、今、目の前にいる2人の姿と重なっていく。

成長した少女の1人が、こちらを見た。

「ですが、そんなマールと、今の私たちは、これから一緒にいられますからね」

「まぁの」

もう1人も頷いて、

「しかし、次のクエストは、今回のようにはいかぬ。今度は、わらわたちがしっかりせねばの」

「はい」

年長の2人の魔狩人は、互いに頷き合った。

（……次のクエスト、か）

僕は、食事の手を止めた。

「そういえば、みんな、次のクエストはどこに行くの？」

「ケラ砂漠じゃ」

ケラ砂漠？

ソルティスが、ムグムグしながら、食べかけの携帯食料で西を示す。

「アルン神皇国との国境付近にある、砂漠地帯よ」

「へぇ？」

次は、砂漠かぁ。

ピラミッドやスフィンクスなど、前世のエジプトみたいなイメージが、頭に浮かぶ。

キルトさんが、言う。

「そこに出る砂大口虫の討伐が、わらわたちの次のクエスト依頼じゃ」

「……サンドウォーム？」

「体長10～30メードの肉食ミミズじゃな」

…………。

イメージの砂漠の海に、巨大な蛇みたいな怪物が泳ぎだした……。

（ゴ、ゴブリンなんて、目じゃない魔物だね？）

固まる僕に、イルティミナさんが優しく言う。

「これは、『金印のクエスト』ですからね。次は、マールはどうか、生き延びることを優先してください」

「う、うん」

キルトさんは、笑う。

「次からは、わらわがリーダーじゃ。指示には、絶対に従うのじゃぞ？」

「わ、わかったよ」

リーダー返上だ。

「フフッ、短い天下だったわね、ボロ雑巾（ぞうきん）？」

「…………」

そんなつもり、なかったけどね。

でも、なんか嬉しそうなソルティスを見てると、悔しくなる……うぅ。

キルトさんは、自分の携帯食料をかじり、

「ま、こう見えても、わらわは『金印の魔狩人』じゃ。依頼人（いらいにん）から指名されることも多いし、わらわにしかできぬクエストもあって、その予約も立て込んでおる。そのせいで、休暇（きゅうか）もなかなか取れぬ」

「…………」

その休みを、僕のために使わせちゃったんだ。

「なんか……ごめんなさい、キルトさん」

「いや、構わぬ。今回の休みは、いつもと違い、なかなかに楽しいものであった」

白い歯を見せて笑う。

そこに、嘘は感じられなかった。

（キルトさんにとったら、ゴブリン討伐も休みの内なのかな……？）

と、彼女は、表情を改める。

「しかし、明日からは、またクエストの日々じゃ」

「うん」

「しばらく、王都ムーリアに帰れぬ日々も続く。マールも、そこは覚悟しておれよ？」

うん、大丈夫。

「みんなと一緒にいられるなら、僕は平気だよ」

「そうか」

キルトさんは、ちょっと安心したように笑った。

イルティミナさんが「マール」と嬉しそうに抱きついてきて、僕に頬ずりする。ソルティスは苦笑しながら、「へ〜いへい」と、小さな肩を竦めてみせる。

明日は、ケラ砂漠。

その先も、また違うクエストが待っている。

（これから、どんな日々が始まるのかなぁ？）

僕はワクワクしながら、空を見上げた。

――その時だ。

その空に向かって、地上から一筋の光が走った。

パァアアアン
（……え？）

凄まじい音と共に、青い空にもう１つの太陽が生まれた――そう錯覚させるほどの魔法の光だ。

その光を、僕は、忘れるはずもない。

「あれは……発光信号弾!?」

思わず、３人を振り返る。

３人の驚く美貌も、その魔法の輝きに照らされている。

「かなり近いですね」

「ふむ。あちらの方角には、確か……」

「ディオル遺跡があるはずよ」

ディオル遺跡!?

「じゃあ、あれは、アスベルさんたちが……？」

僕らは、顔を見合わせる。

すぐに全員の意志が、１つになった。

「ふむ。皆、行くぞ」

「うん！」

「はい」

「わかってるわ」

広げていた荷物をかき集め、僕らは、空に輝く光の真下を目指して、一斉(いっせい)に走りだした——。

特別書きおろしショートストーリー

「キルトの信じる少年」

（やれやれ、面倒なことになったの……）

目の前で喜ぶ茶色い髪の少年を眺めて、わらわは、大きな吐息をこぼした。

わらわの名は、キルト・アマンデス。

このシュムリア王国で『金印の魔狩人』を務めている冒険者じゃ。

そして、そんなわらわの前で喜んでいる少年の名は、マール。

年齢的には、10歳ほどか？　柔らかそうな茶色い髪に、澄んだ青い瞳。一見、少女と見間違えそうな優しい面立ちの少年である。

アルドリア大森林で拾った、記憶喪失だという子供じゃった。

その見た目通りに大人しく、素直な性格の子犬みたいな少年だと思えるが、しかし、その心には、頑固ともいえる一途さがあった。誰に何を言われようと揺るがない――その意志の強さは、自らの命さえも顧みないほどじゃ。

無謀な討伐クエストを受けようとするマールは、いくら言っても聞こうとせぬ。

（ええい、この愚か者が……っ）

それゆえに、わらわは年長者として、マールを守るため、休日返上で剣術を教えることになったのじゃった……とほほ。

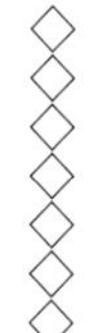

気が乗らなくとも、約束したからには果たさねばならぬ。

ゆえに、マールへの稽古も、わらわは真剣に努めるつもりである――そうした大人の背中を見せることも、子供に対しての責務と言えよう。

ということで、稽古当日を迎えた。

マールも真剣な顔をしている――うむ、良い子じゃの。

「次は、マールじゃ。やってみよ」

基本となる『上段からの振り下ろし』の見本を見せて、わらわは、マールにもやるように指示をした。

すぐにできるとは思っておらぬ。

まずは最初の1歩。

マールのそれが、どれほどの歩幅であるかを知り、今度の育成方法を考えるためじゃった。

じゃが、

(——なんじゃとっ⁉)

目の前のマールが見せたのは、完璧な剣技じゃった。

……理解が追いつかぬ。

長年の修練と実戦の果て、ようやく手に入れたこのキルト・アマンデスの剣技を、目の前にいる子供は完璧に模倣してみせたのじゃ。

反動は大きく、その代償でマールは負傷した。

じゃが、その事実に、わらわは震えた。

(……天賦の才か)

たった一度、見本を見ただけでそれを完全再現する、その常識外れの才能は、まさに『稀代の天才』と呼ばれる領域のものじゃろう。

このキルト・アマンデスでさえ、その領域には辿り着けぬ。

「ふふ……っ」

目の前にいる少年は、まさに原石じゃ。

その才能を磨き、輝かせるか、はたまた粉々に砕いてしまうかは、わらわ次第となる。何とも責任重大なことか。

じゃが、面白い。

「ぼ、僕、ちょっとその辺、走ってくる!」

自らの剣才を教えられたマールは、その興奮を抑えられず、イルティィミナの家を出て、走りに行ってしまった。

うむ、よかろう。

その小さな背中を見送りながら、わらわも決意した。

この少年を鍛え、いつか、このキルト・アマンデスの立つ領域まで、あるいはその先まで、剣の道を歩かせることを。

そして、そのために、わらわの全霊をかけることを誓おうではないか。

◇◇◇◇◇◇

「稽古は順調ですか？」

今日もマールを鍛えるため、イルティィミナの自宅を訪れると、家主にそう問いかけられた。

今はまだ午前中。

マールは、ソルティスとタナトス文字についての勉強をしている。

剣の稽古に来るのは、もう少しあとだ。

その短い時間に、リビングでイルティィミナに淹れてもらった紅茶を飲んでいる時のことじゃった。

（ふむ）

わらわは紅茶のカップをテーブルに戻し、

「今のところはの」

と答えた。

剣才はあるが、現状は肉体が追いついておらず、今はそれを鍛えることに注力している。その成長も思った以上にあるのじゃが、

「……間に合いますか？」

イルティミナは不安そうに聞いてきた。

そう、わらわたちには時間がなかった。

次のクエストまでは、あと４日。その間に、マールに『冒険者』としての最低限の強さを身につけさせるのは、難しいところであった。

「わからぬ」

わらわは正直に答えた。

本人にやる気はある。しかし、やる気だけでどうにかなる問題でもない。まして剣才はあっても、冒険者としての資質があるかはまた別な問題なのじゃ。

イルティミナは複雑そうに「そうですか」と頷いた。

……マールに出会うまで、コヤツは精神的に不安定であった。

しかし、マールと共にいることで、今はとても安定している。できるなら、これからも共に

いさせてやりたいとも思う。

ポン

そんなイルナの肩に、わらわは手を乗せた。

「やれることはしよう。ゆえに今は、ただマールを信じてやれ」

そう言ってやる。

イルティミナはしばし顔を伏せ、そして、それを上げた。

「はい」

強い決意を感じさせる表情と真紅の瞳で、大きく頷く。

うむ。

マールと出会ったことで、この娘にも良き変化が起きたようじゃや。

(しかし、本当に不思議な子じゃの、マールは)

イルティミナの妹のソルティスも、素直に人に物を教える性格でもなかった。

カチャ

わらわは、紅茶のカップを再び口元へと運ぶ。

出会ってからの短い期間で、わらわたちは本当に、あの少年の影響を受けているようじゃった。

◇◇◇◇◇◇◇

「よし、今日はここまでじゃ」

筋力トレーニングで汗まみれになったマールへと、そう告げる。

マールは「あ、ありがとうございました……」と庭の地面にへたり込みながら、そう返事をしてきた。うむ、礼節がなっておるの。

（それに、なかなか、がんばっておる）

正直に告げれば、この子供に課している修練は、大の大人でも音をあげて可笑しくない厳しさじゃった。

それぐらいやらねば、間に合わぬ。

無論、身体を壊さぬように注意して見ているがの。

そしてマールは、決して音をあげることなく、与えられた課題をこなしていた。

その姿には、師としても胸が熱くなる。

「ふぅ、ふぅ……」

呼吸を乱すマールの茶色い髪は、汗にしっとりと湿り、頬は赤く上気している。

息はとても熱そうじゃ。

そんなマールの前で、わらわは今日も剣技を披露する。

直接、剣技を教えるにはまだ肉体が弱く、今は、それだけの余力も残されていまい。しかし、マールの剣才ならば、こうして剣技を見せるだけでも何らかの学びとなるはずじゃ。
その青い瞳が、わらわの姿を追いかけ、真剣に見つめてくる。
真っ直ぐに。
熱烈に。
その眼差しからは、強い思いが感じられる。
やがて、マールの呼吸も整った頃、わらわは、自身の剣舞をやめた。
（ふぅ……）
短く息を吐く。
長く伸ばした銀髪が、動きが止まったことで、ゆっくりと背中にこぼれ落ちてくる。
と、
「……キルトさんって、すっごく綺麗だよね」
突然、マールに、そんなことを言われた。
（何？）
少し驚いた。
鼓動がドキリと跳ねて、そんな自分にも驚いてしまう。
マールは、こちらを真っ直ぐに見つめて、
「いつか僕も、キルトさんみたいな綺麗な剣が振れるようになりたいな……」
そう夢見るように呟いた。

…………。

わらわは、苦笑する。

この手を伸ばして、汗に湿った少年の髪をクシャクシャとかき回すように撫でてやった。

「なれるとも」

そう告げて、微笑んだ。

「本当？」

マールの青い瞳は、わらわのことを見つめてくる。

綺麗な瞳じゃ。

それを濁らせることはしたくないと、強く思う。

「無論じゃ。そなたが正しく修練を続けるならば、このキルト・アマンデスの名において保証しよう」

「……うん！　僕、これからもがんばる！」

マールは元気に答え、笑って、大きく頷いた。

わらわも頷いた。

日は傾いて、赤い輝きがわらわたち２人を照らし、黒い影が長く伸びている。

わらわは、マールに手を伸ばして、

「立てるか？」

「あ、うん。ありがと、キルトさん」

マールはわらわの手を握り、わらわはその手を引いて、この子を引き起こした。

（軽い身体じゃの）

マールの手は、とても熱い。

キュッ
その指が、この鬼姫と呼ばれたわらわの手を、強くしっかりと握ってくる。

…………。

わらわは、金色の瞳をかすかに伏せた。

イルティミナではないが、わらわも、この少年から向けられる信頼に応えたいと強く思う。

その願いを叶えたいと思う。

これより4日後には、試練を課す。

それにマールが応えられるかは、まだわからぬ。

じゃが、

（――信じておるぞ、マール）

わらわはマールの無垢な笑顔を見つめながら、心の中で告げた。

――未来への可能性を秘めたその幼い少年の姿は、太陽の光に赤く照らされ、どこまでも輝いて見えていた。

あとがき

皆さん、こんにちは。そして、お久しぶりです。

『少年マールの転生冒険記　～優しいお姉さん冒険者が、僕を守ってくれます！～』の作者、月ノ宮マクラです。


ついに書籍マールも3巻ですね！

2巻発売からだいぶ待たせてしまいましたが、多くの方々のご尽力で、ようやく3巻を皆さんのお手元にお届けする事ができました。

作者としても、あぁ、よかった、と安心し、同時にとても嬉しく思っております♪

また3巻に合わせて、漫画家・あわや様による少年マールのコミカライズも『コミックファイア』様の方で開始しておりまして、もしまだご覧になっていらっしゃらない方は、ぜひ、そちらもご一読して頂ければ幸いです♪

きっと小説とは一味違った形で、マール達の物語をまた楽しんで頂けると思いますよ♪

3巻では、ついにマールが冒険者となり、その才能を開花させ始めましたね。

優しいお姉さんとの同居生活も始まって、これからますます2人の恋愛も深まり、冒険のスケールも広がっていきます。
どうか皆さん、これからの展開も楽しみにしてて下さいね♪

さて、ここからはお礼となります。
今回も素敵なイラストを描いて下さったまっちょこ様、いつも丁寧な対応をしてくれた担当編集様、コミカライズを担当してくれるあわや様、ホビージャパンの皆様、こんな作者とノベルアップ+様や小説家になろう様で交流し、応援して下さる皆様、また出版に関わった全ての関係者様、支えてくれた家族、そして何よりもこの本を手に取り、この文章を目にしてくれている貴方に深く感謝を♪　本当に、本当にありがとうございました！

この3巻を読んで、少しでも皆さんがマールの世界を体験し、その冒険を楽しんで頂けたならと願いながら……今回は一旦、ここで筆を置こうと思います。
改めまして皆さん、本当にありがとうございました。それでは、また！

月ノ宮マクラ

HJ NOVELS
HJN53-03

少年マールの転生冒険記 3
～優しいお姉さん冒険者が、僕を守ってくれます！～

2023年10月19日　初版発行

著者――月ノ宮マクラ

発行者―松下大介
発行所―株式会社ホビージャパン
〒151-0053
東京都渋谷区代々木2-15-8
電話　03(5304)7604（編集）
03(5304)9112（営業）

印刷所――大日本印刷株式会社
装丁――coil／株式会社エストール

定価はカバーに明記してあります。

Printed in Japan

ISBN978-4-7986-3318-3　C0076